W0215766

Querelle à la française

© Groupe Delcourt, Les Avrils, 2026.
Tous droits réservés pour tous pays.

Publié avec le concours de l'agence Kalligram.

L'auteur a bénéficié pour l'écriture de ce livre d'une bourse du Centre national du livre.

Les Avrils
Groupe Delcourt
8, rue Léon-Jouhaux
75010 Paris
lesavrils@editions-delcourt.fr

www.lesavrils.fr

Querelle à la française

Bertrand Guillot

Les Avrils

« Tu vas encore écrire une histoire de mecs qui font des trucs ? » m'a demandé Victoire alors que je lui racontais, enthousiaste, ce projet de livre autour de l'année 1515 où se croiseraient François Ier, Charles Quint, Henry VIII, Érasme et Thomas More.

Je prévoyais déjà d'y consacrer une année entière. Je n'inventerais rien et tout serait fameusement romanesque – comme un grand jeu de plateau sur le Vieux Continent, qui aurait dépoussiéré l'histoire et éclairé le présent. J'étais prêt à affronter tous les obstacles : les doutes, les fausses pistes, les pannes d'inspiration. Mais soutenir chaque matin le regard sceptique de celle que j'aime ? La barre était trop haute.

Victoire est féministe, formidable, impitoyable, et surtout : pertinente. J'en avais pourtant cherché, des femmes, dans les textes de la Renaissance. Je savais qu'elles étaient là, qu'elles avaient joué un rôle, souvent décisif. Mais l'histoire est écrite par les vainqueurs, et quelle que soit l'issue de la bataille, ceux qui tenaient la plume étaient toujours des hommes. Ou presque.

« Cherche mieux », m'a-t-elle dit avant de repartir à l'assaut du patriarcat.

J'ai promis.

Alors je suis retourné dans ma machine à remonter le temps préférée : la bibliothèque. Je n'y suis pas allé en historien mais en voyageur, la tête dans les livres et le nez au vent, bien décidé à trouver une héroïne. Il y en avait forcément une qui m'attendait, quelque part.

Quiconque a déjà voyagé aura deviné la suite. Je n'ai pas trouvé ce que je cherchais ; mais j'ai fini par trouver ce que je ne cherchais pas. Et bien sûr, tout a commencé par une rencontre.

C'est un matin de printemps que la bibliothécaire a déposé sur ma table la grande somme d'Éliane Viennot : *La France, les femmes et le pouvoir*. J'aurais pu me précipiter sur la fin du premier tome, où m'attendaient Louise de Savoie, Marguerite de Navarre et d'autres femmes de 1515. J'ai trouvé plus civil de lire l'introduction, comme on fait connaissance avec une voisine de trajet. Le propos était neuf, le ton espiègle. Dès les premières pages, j'ai été happé.

« Faites donc le chemin avec moi jusqu'au XVIe siècle, m'a proposé Éliane. Vous connaissez le Moyen Âge ? »

J'ai dû avouer que je n'en savais presque rien. Des rois fainéants, Pépin le Bref et Charlemagne, des cathédrales et des monastères, des guerres sanglantes entrecoupées de croisades dévastatrices, des ménestrels dans des châteaux forts et des justiciers en justaucorps cachés dans les forêts : voilà où s'arrêtaient mes connaissances. Une grande plaine désolée s'étalant sur huit siècles, comme une ellipse dans la grande marche du monde en attendant la Renaissance. J'ai compris, depuis, que nous avançons dans l'histoire avec des cartes faussées, et une boussole mal réglée sur un « progrès » que nous imaginons inéluctable et continu. Quelle folie.

« Laissez vos idées reçues au bord du chemin, a souri Éliane. Vous allez voir. »

Comment résister ? Je l'ai suivie, de chapitre en chapitre. J'ai découvert des reines dont je n'avais jamais entendu le nom. J'ai appris l'origine de la loi salique, ce Code civil des premiers Francs qui fixait des amendes (tuer une femme, 600 sous ; une femme enceinte, 700), j'ai vu arriver et s'installer les Vikings, j'ai vu des chevaliers déclarer leur flamme à de gentes dames tandis que circulaient des fabliaux érotiques où l'on appelait un chat un chat et où un écuyer murmurait à la vulve d'une jument. J'ai rencontré Hildegarde de Bingen et Aliénor d'Aquitaine, j'ai vu pousser des murs autour des villes, j'ai vu croître la Sorbonne et la colère des riverains contre les étudiants tapageurs, j'ai vu les femmes et les Juifs écartés de l'Université, j'ai vu Abélard enlever Héloïse et Louis IX embrasser l'intégrisme, j'ai vu les couvents et les monastères se remplir, la papauté se déchirer, les intellectuels s'arracher les cheveux qu'ils avaient tonsurés pour intégrer Aristote et Virgile à leur théologie, j'ai vu la Grande Peste cueillir la moitié de la population, les femmes exercer les métiers des hommes avant d'être reconfinées à la maison pour repeupler le pays. Une histoire de France inédite, qui n'était pas faite uniquement de victoires et de couronnements, de fureur et de cris.

Nous approchions de l'an 1400 quand Éliane Viennot m'a présenté Christine de Pizan : la première femme de lettres à vivre de sa plume, figure célèbre à son époque, courtisée par l'Italie, la France et l'Angleterre puis effacée pendant cinq siècles. J'étais encore loin de 1515 et déjà une voix intérieure me murmurait que je n'y parviendrais jamais. Éliane l'a senti, j'en suis sûr. Car au moment où j'allais quitter la bibliothèque, elle m'a agrippé du coin de l'œil.

« À propos de Christine… Voulez-vous que je vous raconte la querelle du *Roman de la Rose*, en 1401 ? »

La toute première controverse littéraire sur un texte en français, des esprits parmi les plus fins de leur époque s'interpellant en public à propos d'un roman d'amour ? Bien sûr que je voulais !

Elle ne m'a pas raconté toute la querelle. Mais elle m'en a présenté les deux principaux protagonistes : d'un côté, Christine de Pizan ; de l'autre, Jean de Montreuil, chef de file des « pré-humanistes » français. L'objet de la controverse ? La définition de l'amour, la place des femmes, le statut de la littérature et la liberté d'importuner. Il ne m'en fallait pas plus. J'ai pris congé d'Éliane, et me suis mis en quête de tout ce que je pouvais trouver sur cette fameuse querelle.

J'étais loin d'être le premier à m'y intéresser. Depuis la fin du XIXe siècle, cinq générations d'universitaires s'étaient déjà penchées sur les traces de l'événement. Des médiévistes obstinés avaient déniché des lettres inédites, retrouvé expéditeurs et destinataires, reconstitué des manuscrits, recomposé des chronologies, traduit et annoté les pièces à conviction – l'histoire pour eux n'était pas un voyage ; c'était une enquête policière. Et moi, grâce à elles, grâce à eux, j'avais accès à l'intégralité du dossier d'instruction.

Je savais que ce serait passionnant – une querelle, c'est toujours la promesse d'une bonne histoire. Pouvais-je me douter que les ressorts du conflit seraient aussi proches des nôtres ? On y parlait de séparer l'homme de l'artiste et l'auteur de ses personnages, Christine reprochait à Jean de cautionner la misogynie la plus crasse, et Jean se plaignait qu'on ne pouvait plus rien dire, et de part et d'autre on s'accusait de mauvaise foi et de *cancellation*. Wokes contre antiwokes, à six cents ans de distance ! J'allais découvrir bien d'autres choses encore, mais je m'en voudrais de divulgâcher dès le prologue…

Alors j'ai plongé dans les archives du Moyen Âge. Il m'a d'abord fallu passer la barrière de la langue, et m'habituer peu à peu à cet ancien français imagé et foisonnant, truffé de *y* et de *z*, avec cette orthographe non encore fixée qui donne envie de coller un zéro en dictée aux plus grands poètes.

De mois en mois, de livre en livre, je me suis approché aussi près que possible de mes personnages. Je voulais savoir ce qu'ils mangeaient, comment ils s'habillaient, où ils vivaient, comment ils avaient été formés, quels étaient leurs rêves, leurs frustrations, leurs ambitions. Je n'avais de Christine et de Jean que quelques traces écrites, mais je voulais les *voir* écrire ces lettres qui ont traversé le temps.

Il m'a fallu, enfin, me débarrasser de préjugés encore tenaces. Chasser de mon esprit les « temps obscurs » du Moyen Âge. Me rappeler sans cesse que les habitants des années 1400 ne se lamentaient pas chaque matin d'être nés trop tôt – « Mon Dieu, quelle malchance ! Un siècle plus tard, nous aurions redécouvert l'Antiquité et nous aurions été glorieux et Renaissants, avec des collerettes, l'Amérique, l'imprimerie et Léonard de Vinci. »

Oui, Christine de Pizan et Jean de Montreuil ont dû composer sans l'imprimerie. Mais ils améliorent en permanence leur technique d'écriture, adoptent le papier, qui leur permet d'écrire plus vite. Comme nous, ils pensent vivre à la pointe du progrès et de la civilisation. Comme nous, ils pensent que c'était mieux avant et rêvent d'avenirs meilleurs. Comme nous, ils se drapent dans de grands principes et s'en arrangent par derrière. Comme nous, ils peuvent débattre avec passion sur cet art d'aimer à la française sans jamais vraiment le saisir. Comme nous, enfin, ils ferraillent sans merci autour d'une œuvre de fiction, et comme nous ils cherchent leur place au milieu de tensions croissantes, tandis qu'au-dessus d'eux les princes se haïssent et que la guerre se rapproche.

Voilà pourquoi, à plus de six cents ans de distance, ils ont tant à nous dire.

I

L'APPROCHE

1367

Il est long, le chemin vers Paris, au XIVe siècle, quand on vient des Vosges. Exaltant, aussi !

Le jeune Jean Charlin a quitté depuis longtemps sa famille à Monthureux-le-Sec. Il a appris à lire et à écrire au village, puis on l'a envoyé à Reims, dans l'abbaye de Saint-Rémi. Et voilà qu'il a obtenu ce dont il n'osait rêver : une bourse pour aller étudier au collège de Navarre, à Paris.

Paris ! La plus grande cité de l'Occident chrétien, la ville vers laquelle convergent toutes les marchandises, tous les voyageurs, et tous les savoirs ! Jean n'ignore rien de la théorie de la *Translatio studii.* Les « lumières de la raison », dit-on, avancent d'est en ouest comme le soleil. Après l'Égypte antique, elles se sont posées à Athènes, puis à Rome. Et depuis deux siècles, les voilà à Paris, sur la rive gauche de la Seine.

Lui aussi fait route vers l'ouest, en compagnie d'autres élèves qui comme lui ont été choisis parmi les plus prometteurs. La route n'est pas la plus dangereuse

– c'est la plus fréquentée du royaume, celle des foires de Champagne. Ils ont avec eux quelques habits, un peu de pain, et une liste d'auberges fréquentables sur le chemin. Des monastères liés à Navarre leur offrent le gîte et le couvert ; un moine parfois leur fait visiter la bibliothèque et l'atelier de copie – dans ces moments-là, Jean se sent pleinement habitant de son siècle. Après des jours de marche, la Marne rencontre la Seine et le pas s'accélère. Quelques kilomètres plus loin, Jean et ses compagnons aperçoivent enfin les murailles de Paris, et cette bâtisse fortifiée, imposante comme une cathédrale : c'est la Bastille, que le roi Charles V vient de faire construire. Ils paient leur entrée, et voilà la ville, grouillante, étourdissante. Bientôt ils franchiront le pont Notre-Dame et ses maisons étroites, passeront rue du Fouarre où se concentrent les salles de cours garnies de paille, découvriront la place Maubert dont le nom résonne jusqu'à Reims et où enseignent les plus grands maîtres. Le collège de Navarre les attend un peu plus haut, au sommet de la montagne Sainte-Geneviève.

Parmi tous les collèges de l'université, Navarre est une institution à part. C'est l'école de l'élite, qui recrute ses boursiers sur leur seul mérite et les prépare à occuper de hautes fonctions dans cet État qui se structure. Nicole Oresme, homme de foi et de science, en a été le grand-maître. Les plus grands théologiens de l'époque en sont issus, comme la plupart des conseillers du roi.

Dans les semaines qui viennent, Jean découvrira la vie à Navarre : le dortoir, la chapelle, le réfectoire, la bibliothèque, les prières quotidiennes et la messe annuelle pour feu Jeanne de Navarre, épouse de Philippe de Bel – la reine qui, par testament, a créé le collège voici maintenant cinquante ans.

On sait comment ça se passe : l'arrivée timide, les premiers jours à observer autour de soi avec appréhension, la peur d'être seul, les plus grands qui se pavanent et qu'on déteste – et puis, sans qu'on s'en rende compte, les premières amitiés, les habitudes qui se prennent, et les tics des aînés qu'on finit par adopter après les avoir singés, des escapades nocturnes, quelques punitions, le respect des règles et l'art de les contourner. Bientôt la vie à Navarre n'aura plus de secret pour lui. Dehors, il connaîtra tous les recoins de la rue du Fouarre, les élèves moins fortunés qui œuvrent comme copistes pour payer leur année, le chahut étudiant, les processions qui tournent au charivari, la rivalité entre collèges, les chants à la gloire de Navarre entonnés en pleine rue, les leçons de théologie au rez-de-chaussée d'une maison pas-du-tout-close, la vie de jeune homme. L'enfant de Monthureux-le-Sec sera déjà bien loin, alors. Dès son arrivée, d'ailleurs, il a été rebaptisé : pour l'école, il sera Johannes Carlini. Ici tout se fait en latin, la langue du savoir.

Mais quel latin ? C'est la grande question. Toute la journée il lit, étudie, traduit des textes des pères de l'Église et les gloses des grands théologiens, il parfait sa grammaire et découvre la scolastique, s'entraîne à la *disputatio* pour adopter tous les points de vue, il apprend aussi des rudiments de droit et de médecine – tels sont les enseignements de la faculté des arts, immuables depuis des décennies.

Dans les couloirs de Navarre, pourtant, il le sent: quelque chose se trame. Il a perçu une tension entre les maîtres, des désaccords, comme un orage qui gronde au loin, et le grincement des changements auxquels on résiste. Il l'apprendra bien assez vite: ce sont les premières secousses qui suivent «l'affaire d'Avignon» – celle qu'il n'a pas connue mais qui, il ne le sait pas encore, va changer sa vie.

*

En cette année 1367, l'Europe se remet encore péniblement de cette épidémie de peste noire qui, entre 1347 et 1350, a terrassé un tiers de la population. Le continent peine à se repeupler mais les salaires augmentent et la misère recule. Les rois de France et d'Angleterre, eux, ont déjà repris cette guerre qui durera cent ans. Le jeune Charles V, sur le trône depuis son adolescence, a délogé les Anglais des territoires perdus par son père. À Paris, il a calmé tant bien que mal les révoltes fiscales. Et alors qu'au printemps tout semblait enfin se stabiliser, voilà qu'une information arrive d'Avignon: le pape s'est mis en tête de retourner à Rome! Pour la Couronne française, ce n'est pas une bonne nouvelle. Dans cette Europe chrétienne aux nations balbutiantes, il est tout de même bien pratique d'avoir des papes français, et pas trop loin de soi.

Pour faire changer d'avis le souverain pontife, Charles V dépêche à Avignon la fine fleur des orateurs de l'université de Paris. C'est Anceau Choquart, maître de la scolastique, qui est chargé du discours. Dans la grande salle du Palais, il fait face à la curie entière : le pape, les cardinaux, et un aréopage de clercs, italiens pour la plupart. Pendant huit heures, à grand renfort de citations de la Bible et de raccourcis historiques, il développe point par point son argumentaire. Dans son latin le plus précieux, il brode autour de la *Translatio Studii* et pérore sur la grandeur de la France, la piété de ses rois, son charme incomparable et sa stabilité politique.

Huit heures ! Je sais bien que ces hommes n'ont pas la même notion du temps que nous. Pas les mêmes fesses non plus, peut-être. Même mal assis, ils sont rompus aux sermons interminables, leur mémoire et leur capacité d'attention n'ont rien à voir avec les nôtres. Et pourtant, côté italien, on bâille dès la première heure. On se trémousse sur son siège, on ricane sous les soutanes, peut-être se glisse-t-on des petits mots par valets interposés. Qui est donc ce vieux barbon qu'on nous a envoyé, avec son latin d'avant-hier et ses phrases à rallonge ? C'est ça, aujourd'hui, l'université de Paris ? Laissez-nous rire, et tirons-nous d'ici.

« S'il avait eu tant soit peu d'intelligence, la pudeur lui aurait arraché la plume des mains », ironisera le grand Pétrarque. Lui-même n'était pas présent, mais on lui a tout raconté. Il s'est fendu d'une invective salée contre ces Gaulois qui, raille-t-il, resteront à jamais des barbares. La polémique s'étendra sur plusieurs mois avant que Pétrarque n'assène, définitif: « Ne cherchez pas de poètes et d'orateurs hors de l'Italie ». Bim. Ces mots vont résonner longtemps dans toute l'Europe. Car Francesco Petracco, dit Pétrarque, est le grand homme du siècle. Poète, philosophe, traducteur, conseiller des papes et des princes, il s'est rendu célèbre en retrouvant des lettres de Cicéron oubliées depuis plus de mille ans, et en remettant au goût du jour la correspondance à la mode romaine. Son credo ? L'Europe vit un âge de ténèbres, et la lumière ne viendra qu'en retrouvant l'éclat du verbe antique, ce latin universel qui savait dire la beauté du monde et civiliser des peuples entiers.

Quand il ridiculise les Gaulois et les « scoliastes stupides » à la Choquart, il sait de quoi il parle. Il a connu la rive gauche de la Seine dans les années 1330, son désordre joyeux, l'appétit pour la vie et pour le savoir. Quand il y est retourné, après la Grande Peste, il n'a rien reconnu : la débauche était triste, et l'écho des controverses savantes remplacé par le cri des sentinelles en haut des remparts. Voilà donc la ville qui se voudrait la nouvelle Rome ? Ha !

Les savants parisiens se récrient : « Pétrarque n'est qu'un chauvin qui prêche pour sa paroisse ! » Sur ce point, ils n'ont pas tort. Le grand homme a l'invective facile, et la mauvaise foi ne lui fait pas peur. Mais en le dénigrant sur le fond, ils visent à côté. C'est sur la forme que tout se joue.

J'ai trouvé des traductions françaises de ces discours : nul besoin de consulter la version originale pour comprendre aussitôt ce qui se joue, en 1367. La prose d'Anceau Choquart a la poésie d'un casque à pointe, le charme d'un rapport officiel, grand un petit un, grand un petit deux, il glose à n'en plus finir et multiplie les syllogismes : l'ennui absolu. La phrase de Pétrarque, elle, semble couler de source, les paragraphes s'offrent des détours mais retombent sur leurs pieds pour mieux gambader vers l'idée suivante, ici et là une formule fait mouche – bref : du style. Et ça, c'est nouveau.

Le jeune Charles V et ses conseillers ne s'y trompent pas. L'humiliation d'Avignon réveille les blessures des cuisantes défaites de Crécy et de Poitiers, où l'armée anglaise plus mobile avait écrasé les chevaliers français engoncés dans leur armure. Poitiers, le jeune roi y était, enfant. C'était en 1356. Son père avait été fait prisonnier, son frère Philippe aussi. Deux ans plus tard, Paris se révoltait contre les impôts qu'il avait bien fallu lever pour payer les rançons, des jacqueries faisaient trembler tout le royaume. Cela, Charles V ne veut pas le revivre, fût-ce sur le terrain de la seule éloquence. Il va falloir du changement, décide-t-il, et vite.

Il avait déjà lancé le chantier d'un agrandissement de Paris. Il vient d'emménager dans le nouveau palais qu'il a fait construire hors de la vieille enceinte de Philippe Auguste, dans le quartier de Saint-Paul. Il décide de lancer sans attendre le grand chantier de la rhétorique.

*

Pour prendre la mesure de l'événement de 1367, on peut imaginer une Coupe du monde de football dont la

France serait tenante du titre. L'équipe arrive confiante mais dès l'entame du premier match, face à l'Italie, rien ne fonctionne. Les joueurs sont lents, la tactique éculée, les mouvements prévisibles. L'adversaire en face propose un jeu novateur – plus mobile, plus fluide. Au bout des quatre-vingt-dix minutes, la défaire est sévère. Les joueurs français ont beau accuser l'arbitre ou la roublardise des Italiens, chacun sent bien que le tournoi est déjà perdu. La conclusion s'impose : il va falloir initier un nouveau cycle. Si l'équipe de France veut retrouver les sommets, elle devra s'inspirer du modèle transalpin. Repenser les cadres tactiques, les méthodes d'entraînement, la détection des talents. Tout cela, bien sûr, prend du temps – une génération entière. En attendant, on peut déjà recruter des techniciens rompus à la nouvelle philosophie de jeu. Des Italiens, si possible.

En cette année 1367, Charles V recrute des savants venus de l'Europe entière. Ses émissaires ont notamment repéré à Venise un grand astrologue, également médecin. Il s'appelle Tommaso di Benvenuto, originaire de Pizzano, près de Bologne. On prend contact. Accepterait-il de travailler à la Cour du roi de France ? Tommaso hésite : le puissant roi de Hongrie lui aussi est sur les rangs. Il faut dire que l'astrologie, au XIVe siècle, est considérée comme le summum de la science. Dans ce grand *mercato* des savants, le roi de France promet « grands salaires et émoluments », ajoute à son offre un hôtel particulier à Paris et une propriété dans la forêt de Fontainebleau. Tommaso se laisse séduire. Devenu Thomas de Pizan, car on commence à tout traduire en français, il vient d'abord seul. Installé et satisfait, il fait venir les siens un an plus tard. Sa fille Cristina est présentée au roi lui-même, au Louvre, un jour de décembre 1368. Le monarque l'impressionne par sa simplicité au milieu du faste. Elle se sent déjà prête à devenir française. Désormais, elle se nommera Christine.

La famille de Pizan s'installe dans la tour Barbeau, accolée à l'ancienne muraille de Philippe Auguste, à deux pas de la nouvelle résidence royale. Des écuyers, des domestiques, une cour où paissent des animaux: le roi a vu les choses en grand pour son nouveau conseiller. La petite Christine, elle, joue déjà avec ses amies dans la cour de l'hôtel royal.

*

Pour réformer l'usage du latin et mettre toute l'élite française à la mode italienne, Charles V fait face à une sérieuse difficulté. L'Université échappe largement à son pouvoir. Depuis plus d'un siècle, elle protège jalousement son indépendance, sous la protection du pape. Les rois qui ont tenté de s'attaquer aux privilèges de l'Université ont vite renoncé – la mémoire est encore vive de la grève générale de 1229, quand les maîtres avaient déserté la ville pour aller enseigner à Orléans ou à Montpellier. Le jeune Louis IX avait fini par céder à toutes leurs exigences.

Mais de tous les collèges qui ont essaimé au cours du dernier siècle, il en est un sur lequel le roi garde la main: c'est Navarre. C'est décidé, l'école deviendra la tête de pont de la révolution stylistique. Dès 1368 se met en branle la lente mécanique d'une réforme scolaire. On renouvelle les rayonnages de la bibliothèque, on fait venir des classiques latins et des textes de Pétrarque, et on impose de nouvelles directives : halte aux ratiocinations, il faut faire plus simple, plus direct. Plus sensible aussi. On change tout !

Jean, qui se fait appeler Jean Johannes, ne profitera pas des nouveaux programmes. Toute sa vie, il traînera le boulet d'une formation obsolète, ânonnant avec des maîtres à l'ancienne un latin dépassé. Comme ses congénères, il grandit dans l'esprit de revanche qui hante encore les couloirs de l'école de Navarre après l'humiliation d'Avignon : « "Ne cherchez pas de poètes et d'orateurs hors de l'Italie" ? Ha ! On va leur montrer de quoi on est capables ici, non mais ! » L'Italie en cette fin de XIVe siècle, pour les Français, c'est un peu l'Amérique six cents ans plus tard : on la déteste et on l'admire, on s'en défie et on l'imite.

Et qu'on se le dise : Jean Johannes n'est pas venu à Paris depuis Monthureux-le-Sec pour faire partie d'une génération sacrifiée. Il porte le prénom d'un quart des garçons de son temps, mais il entend bien se faire un nom. Cela viendra, en effet. Mais n'allons pas trop vite. Nous sommes en 1368, et voici nos deux personnages réunis dans la plus grande ville de la chrétienté. Deux habitants parmi les deux cents mille âmes que compte la cité. Ils ont dix ans d'écart, et tout les sépare.

Elle s'est installée sur la rive droite avec sa famille. Lui est arrivé seul sur la rive gauche du fleuve. Elle découvre le français, lui parfait son latin. Elle vit dans l'aisance, lui dort sur une paillasse. Les astres auraient-ils pu prédire que leurs chemins se croiseraient un jour ?

1380

Que l'enfance a passé vite ! songe Christine dans son manteau de soie blanche en voyant s'avancer l'homme qui lui est promis.

En ce jour unique défilent dans son esprit les images les plus marquantes de ses premières années : la présentation au roi Charles, les ambassadeurs du sultan d'Égypte venus rendre visite à son père, les premières promenades dans les jardins de l'hôtel royal : la cerisaie, l'étang aux poissons, la fontaine aux lions ! D'année en année, elle a apprivoisé les dangers de Paris – rats, charrettes, cohues et gredins. Elle a pris l'habitude de regarder en l'air pour éviter les seaux d'eau sale déversés des fenêtres. Au milieu du chahut des marchands, bonimenteurs et prédicateurs, elle s'est émerveillée devant le montreur d'ours sur le Petit-Pont, les histoires des jongleurs, le funambule qui semble voler entre les tours de Notre-Dame, et cette horloge monumentale qui désormais donne l'heure exacte à l'entrée du Grand-Pont, à l'angle de la Conciergerie récemment rénovée – un temps nouveau, vraiment.

Elle pense déjà avec nostalgie à l'école, où elle a appris à lire et jouer en français, et plus encore à ces heures privilégiées auprès de son savant de père. Elle a toujours aimé étudier, plus que ses deux frères. C'est à elle que Tommaso a enseigné quelques rudiments d'écriture et de latin, c'est lui qui l'a introduite dans cet endroit fabuleux qu'est la nouvelle librairie royale – cette bibliothèque sur trois étages que Charles V a fait aménager dans une tour du Louvre, et où sont rangés près de mille ouvrages. Les rayonnages, les roues à livres, quelle merveille! Mais son père était accaparé par son travail, et sa mère préférait qu'elle apprenne à filer la laine et tenir une maison. Du savoir paternel, elle n'aura eu que des miettes, mais elles seront précieuses.

Christine a quinze ans, et tout cela est maintenant derrière elle. Quinze ans, c'est l'âge où l'on marie les filles de bonne famille. Avec la position de son père au plus près du roi, elle ne manquait pas de prétendants. Tommaso a choisi pour elle un jeune clerc venu de Picardie – un garçon à la tête bien faite et à la plume sûre. Il s'appelle Étienne Castel, il a vingt-quatre ans et moins de richesses que de vertus, mais le roi lui-même a promis qu'il l'embaucherait parmi ses secrétaires à la Chancellerie, avec de solides gages à la clé. Christine a fait confiance à son père. Et maintenant que s'approche son futur époux, elle ne peut que s'en féliciter. Étienne est bien bâti, charmant de visage, *un jouvencel bel et plaisant*. Puis c'est le serment, cet anneau d'or fin passé à son doigt, la fête, et quelques larmes. La nuit de noces se passe bien : Étienne ne la viole pas. *Oncques outrage ne me fit!* Mieux que ça : il est doux, il la respecte, et l'embrasse. Les voilà tous deux partis en bel équipage sur la grande nef du mariage, vers des horizons inconnus mais radieux.

*

Jean, lui, ne se mariera pas. Il a choisi une autre voie.

Sa licence ès arts en poche, il a caressé l'idée de s'inscrire en faculté de théologie, puis il a renoncé. Mais il est resté à Navarre, pour enseigner aux plus jeunes – à la manière nouvelle, bien sûr – les rudiments de la rhétorique. C'est là qu'il a repéré deux garçons particulièrement doués, venus comme lui de l'est du royaume : Jean Gerson et Nicolas Clamanges, eux aussi désireux de hisser leur latin au niveau du grand Pétrarque.

Pétrarque ! Il est mort depuis six ans déjà, mais il continue d'exercer sur les étudiants parisiens une fascination où se mêlent la rancune et l'admiration. Et parmi les plus éclairés, dont Jean se réclame volontiers, on loue l'héritage immense qu'il a légué à ce petit bout de monde qu'est l'Europe occidentale : l'espoir en un monde meilleur, ici-bas et non dans les cieux, à la lumière des grands maîtres de l'Antiquité.

Comment Jean pourrait-il oublier ce qu'il a ressenti en lisant pour la première fois un texte de Cicéron ? Cette finesse, cette fluidité, cette simplicité ! Il s'est donné un but : retrouver cette perfection dans laquelle se loge toute l'harmonie du monde. S'en approcher, tout du moins, pour faire rejaillir la lumière des temps glorieux.

Quand j'imagine Jean-qui-n'est-pas-encore-de-Montreuil découvrant cette prose si juste et si libre, je pense à un adolescent français qui, dans la rigueur des années 1950, découvre un jour Elvis Presley sur le téléviseur familial. Un nouveau monde qui s'ouvre ! Dès lors, il n'a plus qu'une envie : s'acheter une guitare et tenter d'apprivoiser l'engin. Ce qui ne l'empêchera pas de tenir par ailleurs de virulents propos anti-américains.

Comme Pétrarque, Jean se rêve plus tard en homme de lettres, voyageant à travers la chrétienté comme un rocker en tournée, se réservant parfois des plages de solitude champêtre au milieu de ses livres et d'une nature paisible pour écrire et méditer. Il a vingt-cinq ans, et tout lui semble possible : devenir quelqu'un tout en participant à un grand mouvement – voilà qui est grisant !

En attendant, il faut bien gagner sa vie. Il est entré dans les ordres, reste à y trouver sa place, à se chercher des protecteurs. Il est resté proche de Pierre d'Ailly, un ancien de Navarre de cinq ans son aîné, dont on murmure qu'il pourrait un jour devenir grand-maître de l'école. Et il entre bientôt au service de l'évêque de Beauvais, un proche du roi. Voilà qui pourra l'aider à grimper dans la hiérarchie de l'Église.

Car oui, Jean a été ordonné prêtre. Il a reçu la tonsure. Étonnant pour un admirateur de Pétrarque, lui qui cite plus volontiers Virgile que les Écritures ? Pas vraiment. Entrer dans les ordres, au XIVe siècle, c'est un peu comme entrer au Parti : au-delà de la foi, c'est la voie la plus sûre vers des postes prisés dans l'administration. Car c'est au sein de l'Église que se recrutent la plupart des secrétaires de la Chancellerie royale ou des cours princières – on les appelle : des clercs.

Ce sont eux qui rédigent, consignent, vérifient, diffusent, archivent. Ils sont les nouveaux piliers de la société ordonnée qui se met en place – une société où l'impôt devient permanent, où économie et administration amorcent leur centralisation, où le simple lien de confiance entre deux individus ne suffit plus. La société la plus civilisée depuis la Rome antique ! Cela, Jean Johannes n'en doute pas un instant.

Ce mouvement-là, il est dans l'air, inéluctable comme une révolution silencieuse. Et Charles V ne s'est pas contenté de suivre : il devance, et il accélère. Fils d'un roi autoritaire, impétueux et rarement inspiré, il a fait tout le contraire : entouré d'hommes sûrs et de guerriers fidèles, il a étendu son territoire, assuré la monnaie avec le franc, développé un embryon d'État de droit où l'arbitraire s'efface derrière les règles écrites. Sous son règne, songe Jean le nouveau clerc, c'est la Gaule raillée par Pétrarque qui s'efface et la France nouvelle qui prend corps. Et dire que le roi est encore jeune !

Charles V, pourtant, a la santé fragile. Christine le sait bien. En ce mois de septembre 1380, le roi s'est soudain plaint d'un mal étrange contre lequel la science de Thomas de Pizan est impuissante. La cour a migré à Beauté-sur-Marne, là où l'air est si pur qu'il aurait jadis, dit-on, guéri un empereur. Bonne idée ? Le samedi 15 septembre, Charles V retrouve des forces. Il en profite pour prendre des dispositions en cas de décès, on n'est jamais trop prudent. Il annule aussi de récents impôts qui avaient valu quelques révoltes. « Le roi va mieux », décrète officiellement Thomas de Pizan en le voyant s'activer. Charles V rendra l'âme dans la journée du lendemain.

Et tandis qu'aux cloches de Paris sonne le glas, de sombres penchants que la sagesse royale avait permis de contenir s'apprêtent à se déchaîner. On s'en prendra bientôt aux Juifs, que Charles n'avait cessé de protéger. Lors des obsèques du roi, une altercation éclate entre l'évêque de Paris, placé au premier rang, et le recteur de l'université, qui estime que cet honneur lui revient. Le prévôt de Paris, maître de la cérémonie, s'en mêle. Il s'en prend vertement au recteur, le tire par la barbe – des années que cette université lui casse les pieds, cette fois c'en est trop. Mais l'Université est un corps puissant, et soudé: le cortège dégénère en bagarre générale. Jusqu'à la tombée du jour, pouvoir temporel et pouvoir spirituel vont s'affronter. Certains, raconte-t-on, n'en sortiront vivants qu'en se jetant dans la Seine. J'imagine Pétrarque, au paradis des poètes, suivant la scène avec une sourire narquois: «Alors, les barbares, tout va bien?»

Christine a certainement vu cela, de loin. Ce soir-là, en regardant par la fenêtre, elle prie pour le monarque défunt, si habile et si juste. Elle prie aussi pour le jeune dauphin, dénommé Charles lui aussi et qui n'a que douze ans. Que va devenir le royaume? Thomas de Pizan gardera-t-il son emploi? Et Étienne? Le couvre-feu est tombé sur la ville, mais le feu couve encore et le calme est trompeur. Christine lève les yeux au ciel comme si elle aussi pouvait lire dans les astres. Pour la première fois depuis son arrivée, les étoiles ne semblent plus alignées dans le ciel de Paris.

1384

– Mon amie, me resserviriez-vous de ce fameux mouton au verjus ?

– Bien sûr, Étienne.

– Il est poivré à souhait, je n'aime rien tant que de venir manger ici.

Un ange passe à l'étage de l'hôtel Barbeau. Il y a quelque temps encore, la maison employait une cuisinière, et des domestiques servaient à table. Mais l'argent ne rentre plus comme avant dans la famille de Pizan. Le vieux Tommaso, lui, n'a presque pas touché son assiette.

– Papa, ça ne va pas ? demande Christine, inquiète.

Depuis la mort de Charles V, celui que l'on consultait avant chaque grande décision a été mis sur la touche. À quoi peut-il servir, celui qui n'a su ni prévenir, ni guérir la maladie du roi ? Peu à peu, le savant a perdu goût à la vie. Récemment, il a même prédit l'heure de sa mort. Cela glace Christine, et sa mère encore plus. Heureusement, la petite Marie, un an à peine, vient égayer la maisonnée avec ses risettes. Et Étienne se révèle un bon père autant qu'un bon mari.

– Nous pourrions tenter de concevoir un fils ? lui glissera Christine un peu plus tard, après le premier sommeil.

– Oh, comme j'aimerais ! Mais j'ai tant de travail…

– Eh bien, je pourrais vous aider ! Donnez-moi donc un feuillet à copier, vous savez que je peux écrire comme une vraie notaire…

Étienne sourira, attendri. Et dire que dans d'autres foyers on se méfie des femmes qui savent lire et écrire ! dira-t-il avant de l'embrasser à la lueur d'une bougie de trois heures…

Allez, j'arrête, c'est ridicule.

Tout ou presque est pourtant véridique dans ce dialogue : le déclassement et la déprime de Tommaso, la naissance d'une première fille, le sommeil en deux temps coupé à la mi-nuit, Christine qui parfois aide son mari et s'essaie à l'art si masculin de la calligraphie… Sans oublier la viande de mouton, la plus courante à Paris – c'est qu'au Moyen Âge les ressources sont limitées, et on ne gâche rien : il faut bien manger la viande des animaux dont on décime des troupeaux entiers pour fabriquer le parchemin sur lequel seront écrits les livres et les ordonnances royales ! *Joyeuse, plantureuse et paisible vie*, écrira-t-elle quand ces jours heureux se seront enfuis.

Mais je n'ai aucune idée de la façon dont pouvaient se dérouler les repas familiaux dans la famille de Pizan. Je ne sais même pas si Christine et Étienne Castel se tutoyaient ou vouvoyaient – et à vrai dire, nous nous en fichons pas mal.

Tu ou *vous*? J'en connais un pour qui cette question est de la plus haute importance. Jean, notre clerc d'avant-garde, a en effet appris que les Italiens, à la mode de Cicéron, utilisaient volontiers le *tu* dans leur correspondance. Pétrarque ne se permettait-il pas de tutoyer des personnes de haut rang? Son héritier spirituel, le florentin Coluccio Salutati, s'est récemment gaussé de cette habitude coincée des Gaulois à se vouvoyer tous entre eux. Et Salutati n'est pas n'importe qui : le duc de Milan lui-même a dit de lui qu'une seule de ses lettres valait mille hommes en armes. Jean, à qui on a toujours appris à vouvoyer ses interlocuteurs, hésite encore à franchir ce pas. Il aimerait tant les voir de ses propres yeux, ces fameuses lettres des Italiens, toucher du doigt la révolution de l'écriture!

Et voilà que l'occasion, enfin, va lui être donnée. En septembre 1384, le voici en effet en route vers la Toscane, pour sa première ambassade officielle. Appréhension, excitation!

Après dix jours de voyage, Jean et son escorte parviennent à Arezzo, à quelques lieues de Florence. Ils n'iront pas plus loin: la diplomatie a été devancée par la chevalerie, des combats font rage entre les Français et ces même Florentins à qui on était venu proposer une alliance. Jean écrit aux uns et aux autres pour tenter de sortir l'expédition de ce bourbier. Les journées sont longues à attendre les réponses, et il n'a apporté avec lui que deux ouvrages : son bréviaire, indispensable, et une histoire de la chute de Troie qu'il a récemment copiée. C'est peu. Mais les livres sont rares et le moindre exemplaire coûte cher – plus d'un mois de son salaire. Alors il lit ce qu'il peut, et recopie méticuleusement les quelques textes qu'il peut trouver. Un jour, se promet-il, il possédera une véritable bibliothèque. Mais pour cela, bien sûr, il lui faudra monter plus haut, bien plus haut…

Le 9 novembre, il n'y tient plus. Au diable les missions officielles, il prend sa plume pour écrire en son nom au chancelier de Florence, qui n'est autre que Coluccio Salutati lui-même :

Salut à toi, grand homme – et pardonne-moi de te tutoyer, mais il paraît que tel est l'usage chez vous, les maîtres de l'écriture…

Dans un latin mielleux aux tournures alambiquées, il se présente comme une *simple brute*, et supplie son correspondant de bien vouloir *irriguer de la douce rosée de son éloquence un esprit aride et asséché*. Accepterait-il de lui livrer quelques exemples de ces lettres si personnelles que Pétrarque, lui et les autres s'écrivent dans cette langue qui est celle de l'avenir ?

Salutati répond dès le lendemain : il accepte l'échange. Chaque jour, des messagers parcourent à toute hâte le couloir de communication maintenu entre les deux cités. A-t-il été touché par la maladresse de ce petit Gaulois dont l'admiration semble sincère ? Dès la deuxième lettre, il lui donne du *Monsieur le Chancelier de l'évêque de Beauvais*, et finit par accepter de faire copier à son attention cinq petits textes de Pétrarque, ainsi qu'une partie de sa propre correspondance. Accessoirement il négocie, contre une somme d'argent, que les Français déguerpissent de la Toscane. Double joie pour notre diplomate en herbe! Il dispose maintenant de textes que personne en France n'a jamais lus, un matériau inestimable... Et il va enfin pouvoir rentrer en France. L'Italie le fascine, c'est vrai, mais dans les palais d'Arezzo, il lui semble n'avoir vu qu'avarice et ambition. *Je suis impatient de rentrer!* écrit-il à un ami. Il lui tarde de retrouver Paris, *Ville des Villes, fleur qui embaume l'Univers, jardin de délices, asile de toutes les vertus et de toutes les sciences.*

Je peux comprendre le mal du pays. Pour ce qui est d'embaumer l'Univers, je me permets de douter: en cette fin de XIVe siècle, le prévôt de Paris désespère encore de faire respecter les arrêtés successifs obligeant les habitants à nettoyer leurs rues. Sur la rive gauche, la Bièvre est un égout à ciel ouvert – les fonds qui avaient été débloqués pour la nettoyer ont été détournés pour bâtir une prison. Pour la vertu, on repassera aussi: les commerçants de la rue Baille-Hoe, à quelques pas de la rue Simon-le-Franc où Jean vient de s'installer, ont récemment protesté contre la fermeture du bordel qui leur apportait une précieuse clientèle; ils ont eu gain de cause. Mais de tout cela, Jean-bientôt-de-Montreuil se moque bien. Une fois rentré chez lui, il va passer des semaines à recopier scrupuleusement les textes fournis par Salutati, avant de faire relier l'ensemble: ce sera son premier livre rien qu'à lui.

Je viens de le voir, ce livre, à la Bibliothèque nationale. Jusque-là, je n'avais pas osé le demander, comme s'il fallait un sésame particulier pour avoir le droit de toucher un ouvrage d'avant l'imprimerie. Quelques sourires et un formulaire plus tard, le livre est apparu sur ma table, dans son épaisse reliure de cuir. Je l'ai ouvert, heureux comme un gamin qui vient de trouver un trésor. Bientôt deux ans que je travaille sur cette histoire, et voilà que nous nous rencontrons enfin, Jean et moi. Du bout du doigt, je sens la rugosité du parchemin. Page après page, il me semble voir Jean de Montreuil tracer méticuleusement à la pointe de plomb son cadre, puis ses lignes. Et qu'importe si je parviens à peine à déchiffrer les lettres de cette écriture soignée, serrée, encore un peu gothique. Je ne voulais pas lire, je voulais voir. L'imaginer écrivant, penché sur son lutrin, le calame à la main, l'encrier non loin. Voir s'envoler les hastes sur la ligne du haut, guetter les ratures. Des heures entières pour une seule page. Et combien de temps pour ces lettrines à l'encre rouge qui se prolongent dans les marges en fines arabesques ? Mais peut-être les aura-t-il fait exécuter plus tard par un artiste – comme ces serpentins bleu roi qu'il dessine, en les ornant parfois de poudre d'or, pour justifier les lignes à la fin d'un paragraphe.

C'est l'un des seuls manuscrits qui nous soient parvenus de la main même de Jean de Montreuil. Et s'il a survécu aux siècles, c'est parce que Jean, à son retour de Florence, en avait fait une autre copie pour Pierre d'Ailly, qui venait d'être nommé grand-maître du collège de Navarre. Ces hommes n'étaient pas seulement reliés par des réseaux d'influences. C'étaient aussi des passionnés, sincèrement admiratifs de cet élan dont ils sentaient la vibration et qu'on nommerait bien plus tard la pré-Renaissance italienne. Passionnés par cette liberté de ton, cette façon nouvelle de voir le monde où l'humain tient une place centrale. Passionnés de technique, aussi : il faut imaginer Jean, décortiquant l'écriture de Salutati pour l'imiter, multipliant pour s'entraîner les lignes de *b*, de *s* ou de *r*, s'appliquant à tracer son *v* à l'italienne, en l'attaquant par la gauche pour mieux le lier à la lettre suivante.

Je me l'étais déjà représenté en jeune rocker et je le découvre, là devant moi, s'exerçant seul dans sa chambre avec sa guitare, s'échinant sur un accord, reprenant le même riff encore et encore, singeant devant un miroir le déhanché d'Elvis. Mieux qu'une photo que je n'aurai jamais, il me semble que je viens de saisir le plus fidèle portrait de Jean dans ses jeunes années, lui qui, avec une application d'écolier, signe sa copie du nom de *J. de Monsterio Sicco*. L'enfant de Monthureux-le-Sec est encore un peu là. Il n'est plus si jeune, pourtant, il a passé trente ans. Et s'il n'a pas encore de position fermement établie dans ce petit monde où chacun, même au sein de l'Église, mène sa barque comme un auto-entrepreneur, son statut auprès de ses pairs vient de changer. Nous sommes en 1385, et il vient d'entrer dans la confrérie des dénicheurs de textes – mieux : le voilà détenteur de textes inédits. Un tremplin.

1385, c'est aussi l'année où meurt Thomas de Pizan – ou est-ce 1386 ? 1387 ? L'époque médiévale, parfois, ne laisse pas de trace. Ce que l'on sait – ou plutôt : ce que nous dit Christine – c'est que le vieux Tommaso s'est éteint à l'heure exacte qu'il avait prédite. Comme une petite vengeance contre l'ingratitude des oncles du nouveau roi, qui n'ont jamais cru en sa science. Un point d'honneur, et un point d'orgue.

Il laisse derrière lui une grande tristesse, et un monceau de dettes.

1390

Cinq ans plus tard, Jean n'est plus le même homme. L'évêque de Beauvais, son protecteur, est mort. Il a vite rebondi en intégrant le staff du jeune Louis d'Orléans, frère du roi Charles VI. Et surtout : il a trouvé sa bande, il a monté son groupe !

Il y a là Nicolas Clamanges, le surdoué qu'il avait rencontré au collège de Navarre, maître théologien, et Gontier Col, un clerc laïc de bonne famille qui gravite depuis plusieurs années déjà dans le milieu des chancelleries… Trois amis pour la vie, bien décidés à secouer le monde des lettres. Nicolas revendique désormais ouvertement l'ambition de « réveiller l'art d'écrire en France ». Gontier, lui, est l'un des hommes de confiance du duc de Berry, l'oncle esthète du roi. Il s'est spécialisé dans la finance et la diplomatie. C'est aussi un lecteur avisé : on raconte qu'il ne part jamais loin de Paris sans son exemplaire de l'*Énéide* de Virgile.

À eux trois, ils forment l'ossature du groupe. Ils n'ont pas encore de nom, d'ailleurs ils n'en auront jamais :

à cette époque, les livres eux-mêmes n'ont pas toujours de titre. Plus tard, bien plus tard, des historiens les qualifieront de « pré-humanistes français », en référence à Pétrarque. Ne leur dites surtout pas ça, ils se vexeraient. Mais s'il faut simplifier : appelons-les « humanistes », même si le mot n'existe pas encore.

Dans ce trio, Jean serait le bassiste : celui qui donne le rythme, celui qui compose aussi, et que les autres trouvent souvent un peu trop directif – bref : c'est le leader. Nicolas, c'est le guitariste : un styliste, un vrai, un virtuose qui rêve d'une carrière solo mais qui sait qu'il ne serait rien sans les autres. Gontier, enfin, c'est le chanteur : le plus flamboyant, le plus stylé. Il a quitté depuis longtemps la robe longue des clercs : il est à la mode, pourpoint ajusté et chaussures à bout pointu. À l'occasion, son frère Pierre, chanoine de Notre-Dame, vient assurer les claviers. Et pour la batterie, ils ont même trouvé un Italien, un vrai ! Il s'appelle Ambrogio dei Migli, athée assumé et admirateur de Virgile, d'Horace et de Salutati. Il est arrivé à Paris seul, au milieu des années 1380, et Jean l'a fait entrer au service de Louis d'Orléans, qui vient d'épouser la fille du duc de Milan.

Et s'il leur fallait un producteur, ce serait Pierre d'Ailly, leur maître de Navarre, que le pape vient de nommer chancelier de l'université. Honneur et prestige ! Leur courant reste minoritaire et ils n'en sont que plus fiers, mais le succès se rapproche.

À la manière italienne, nos humanistes ont commencé à s'envoyer de longues lettres, même s'ils se sont vus la veille. Ils se soutiennent, s'encouragent, s'échangent des ouvrages. Ils s'entraident aussi dans leur carrière respective. C'est peut-être grâce à Gontier, d'ailleurs, que Jean a enfin obtenu le poste qu'il guignait depuis longtemps : le voilà en effet secrétaire-notaire de la Chancellerie royale ! C'est en juillet 1389 que l'on trouve pour la première fois son nom au bas d'un acte royal. Cette fois, il signe Johannis de Monsterolio, parce qu'il trouve ça plus beau. Ce sera sa signature définitive : Jean de Montreuil est né.

Le travail est prenant : Charles VI a repris le flambeau de son père et l'État se structure. La France s'organise sur le papier et la bureaucratie tourne à plein Ancien régime. Il faut compter aussi avec les déplacements, toujours éprouvants. Le roi voyage beaucoup – avec sa cour, et avec ses clercs. En un an, Jean s'est déjà rendu à Melun, à la Charité-sur-Loire, à Senlis. Et en ce mois de novembre 1390, le voilà de nouveau en Picardie. Pour y faire quoi ? Nous n'en savons rien. Le moment, en tout cas, tombe mal : la province est frappée par une nouvelle vague de peste, qui n'a jamais vraiment disparu. Charles VI est pris de fièvres – il en perdra les cheveux, dit-on, mais il se rétablit vite. Un de ses secrétaires, en revanche, est durement touché. Il a l'âge de Jean et il est en poste depuis dix ans déjà. D'excellente réputation, il devait bientôt prendre du galon. On l'isole, son état s'aggrave à grande vitesse. Il est trop affaibli pour être ramené à Paris – de toute façon, on ne prend pas de risque avec la capitale, hors de question d'y envoyer un malade. Il décédera à Beauvais, le 7 novembre.

Il s'appelait Étienne Castel.

*

Il nous faut imaginer l'officier royal venant frapper à la porte de l'hôtel Barbeau, un matin d'hiver, pour annoncer la nouvelle. Ou est-ce un des serviteurs d'Étienne ? La scène, dans tous les cas, sera la même : « Madame, il faut que l'on vous dise... C'est à propos de votre mari... »

Un silence pendant lequel Christine imagine le pire, avant de comprendre que oui, c'est bien le pire qu'on vient lui annoncer, et le monde qui s'effondre avant même que ne vienne la confirmation, et les mots de circonstance qu'on n'entend plus. « On n'a rien pu faire. Toutes nos condoléances. »

Je ne sais pas si Christine s'évanouit, si elle pleure, si elle tente de garder la tête haute dans sa sidération. Comment réagit-on quand on apprend soudain, à seulement vingt-six ans, la mort de son mari ?

Dans quelques minutes, elle va devoir penser à la façon dont elle annoncera la nouvelle à Marie, son aînée, et à ses deux jeunes fils. Dans quelques jours, en refermant le cercueil, elle dira adieu à jamais à cet homme qu'elle aimait. Et dans quelques semaines – mais qu'elles semblent loin ! il lui faudra décider de la suite de sa vie.

Pour une femme de son rang, les options sont simples – ou du moins, elles sont claires : la bague, ou le voile. Se remarier ? C'est ce qu'elle devrait faire. C'est ce qu'on attend d'elle. Et ce serait facile. Les jeunes célibataires sont nombreux, dans cette ville où l'on marie les filles à quinze ans avec des hommes mûrs. Les veufs ne manquent pas non plus, et Christine est un bon parti, avec ses contacts à l'hôtel royal. Mais de nouvel époux elle ne veut pas entendre parler. Elle s'était promise à Étienne, et elle en fait le serment : il n'y en aura pas d'autre.

Seulette suis et seulette veuil estre
Seulette m'a mon doux ami laissé

Le couvent ? Elle n'est pas prête. En d'autres temps, le béguinage aurait été une solution idéale, mais le dernier d'entre eux (en face de l'hôtel Barbeau !) a été fermé à l'orée du siècle. Trop dangereux, ces femmes entre elles sans hommes ni Dieu pour les surveiller.

Elle pourrait aussi choisir de rentrer en Italie, comme le feront bientôt ses deux frères. Cela aussi, elle s'y refuse. Française elle est devenue, en France elle veut rester. Si elle s'écoutait, elle ne ferait rien du tout, elle pleurerait tout le jour la mort de son époux.

Mais déjà un homme se fait annoncer à la porte d'entrée. Il adresse ses condoléances. Puis il présente une créance. Étienne lui devait de l'argent, dit-il, madame Castel pourrait-elle le rembourser ? Elle ira vérifier dans les papiers d'Étienne : il avait remboursé l'homme depuis longtemps. D'autres viendront, avec d'autres demandes. Elle découvrira des dettes qu'elle ne connaissait pas, et la confirmation de ce qu'elle savait déjà : le Trésor public doit à Étienne plusieurs mois de gages. Comment les récupérer ? Il lui faut lancer des démarches, prendre des avocats, écouter les conseils. Confier à un commerçant les économies qu'ils avaient mis de côté pour leurs enfants, par exemple. L'argent ne doit pas dormir ! assure-t-il. Il faut le faire fructifier. Christine accepte – pourquoi pas, après tout ? La première année, le commerçant partage les bénéfices de son entreprise. Mais l'été suivant, malheur ! Il a été volé en Italie, dit-il, et on lui a tout pris. Comment ça, vous rembourser ? C'est le risque, ma bonne dame. Votre argent s'est envolé avec le mien.

Elle comprend maintenant ce que ce monde d'hommes réserve à une femme seule. Car pendant ce temps, elle n'a toujours pas réussi à se faire verser les arriérés de salaire d'Étienne, et d'autres créanciers la poursuivent en justice. Combien de journées perdues au tribunal, à attendre dans le froid, à surveiller son avocat, qui se désintéresse de son cas pour discuter avec ses confrères ? Elle tombe malade, songe à se laisser mourir, mais elle n'a pas droit au découragement : entre sa mère, ses trois enfants et une jeune nièce d'Étienne que la famille avait recueillie, elle a la charge de cinq personnes !

Il lui faut trouver de l'argent. Alors elle vend ce qu'elle peut : des objets, des vêtements, la vaisselle d'étain qu'on exposait sur les dressoirs. Elle garde pour elle-même cette robe bleue à laquelle elle tient le plus : hors de question que l'on se doute, à l'extérieur, que sa famille est sans le sou. Elle s'en va même, cachée sous un capuchon, emprunter de l'argent aux prêteurs juifs qui sont restés aux alentours de la rue Pavée. Mais ces expédients n'ont qu'un temps. Il lui faudrait travailler, gagner un salaire. Mais comment faire, quand on n'a appris aucun métier ? D'autant que cette société qui se crispe n'encourage pas le travail des femmes : après la Grande Peste, elles avaient occupé tous les métiers, parce qu'il le fallait bien ; mais après quelques années de hausse des salaires, le discours a changé : qu'elles restent donc à la maison ! disent les hommes. Des artisanes qui avaient repris le métier de leur père ou de leur mari se voient menacées d'interdiction d'exercer. Les guérisseuses elles aussi sont visées : c'est en 1390 qu'a lieu le premier procès pour sorcellerie à Paris – victime de son succès, Jeanne de Brigue sera brûlée en 1391. Tout cela, Christine le sait bien, tout comme elle sait que le temps presse. Car il est un métier féminin sans guilde ni corporation qui tend les bras aux jeunes veuves : la prostitution. Les « jolies filles » sont de plus en plus nombreuses, à Paris comme ailleurs. Chaque quartier a désormais son bordel public, souvent tenu par un notable, ou une abbesse. C'est qu'avec autant de célibataires sur le marché déséquilibré du mariage, il faut bien canaliser les pulsions des jeunes gens et de leurs valets ! Christine n'a que pitié pour ces jeunes femmes. Plus tard, bien plus tard, dans quinze ans, elle imaginera un système de réinsertion pour celles qui le souhaiteront. Mais en cette année 1391, quand elle les croise dans les rues qui longent l'hôtel royal, elle songe surtout qu'il lui faut à tout prix trouver une solution.

Il lui reste un peu de crédit à la cour, elle va voir si elle peut en tirer profit.

1394

L'horloge royale, sur l'île de la Cité, affiche les heures qui passent, les cloches des églises scandent les journées, immuables, mais dans les rues de Paris, dans les tavernes et dans les chancelleries, on le sent bien : il est temps que ce siècle se termine.

Le règne de Charles VI n'avait pas si mal commencé. Entouré d'hommes d'État, il menait une politique de paix, il prônait la modération fiscale et sillonnait routes et fleuves à la rencontre du peuple de France, à l'écoute des doléances. À Paris, le sacre de la reine Isabeau, venue de Bavière, avait été la plus grandiose fête qu'on eût jamais vue dans le royaume. Des milliers de figurants pour des tableaux vivants, des acrobates avec des torches, des anges descendus du ciel par des prouesses mécaniques, une procession géante. Il faudrait imaginer une cérémonie d'ouverture de Jeux olympiques le long de la Seine en plus grand, en plus fou – en plus religieux aussi.

Mais à l'été 1392, dans une forêt du côté du Mans, Charles VI est soudain pris d'une crise de démence paranoïaque : il tue quatre hommes de son escorte, et ne retrouve ses esprits qu'après quarante-huit heures. Un an et quelques rechutes plus tard, le roi fait irruption incognito dans un bal avec cinq compagnons déguisés en hommes sauvages, leur costume enduit de poix et recouvert de plumes et de poils. Une torche s'approche d'un peu trop près, le feu prend aussitôt. Quatre morts, là encore. Le souverain échappe au pire, mais cette fois il bascule pour de bon : il lui arrive de ne plus reconnaître personne pendant des semaines, oubliant qu'il est roi, se croyant fait de verre et se jetant violemment sur quiconque voudrait l'approcher. Il a donné pouvoir à sa femme Isabeau pendant ses crises, mais la reine n'a pas la trempe d'une Aliénor d'Aquitaine ou d'une Blanche de Castille. Le peuple de Paris prend volontiers Charles VI en pitié – un roi, c'est sacré. Mais il lui faut des boucs émissaires. On reporte la colère sur Isabeau, l'étrangère, et sur les oncles du roi qui confondent si facilement le Trésor royal et leurs affaires privées. La rumeur de la rue est de plus en plus hostile, les crieurs publics renâclent parfois à annoncer les nouvelles devant une foule menaçante, grondant devant l'opulence ostentatoire des nouveaux maîtres. Les oncles s'en sortiront en s'imposant une pénitence et en faisant bâtir des églises. Mais les églises elles-mêmes ne font plus de miracles : entre les tours de Notre-Dame, le funambule vient de chuter, et de se briser les os au milieu des badauds.

Il est bien loin, le temps béni de Charles V ! songe Christine en se rendant à l'hôtel de la reine. Quatre ans après la mort d'Étienne, elle est encore enlisée dans des procès interminables, aux prises avec des gens d'affaires qui lorgnent le peu qu'elle possède encore. Plusieurs fois elle a *sué des yeux*, d'impuissance et de fatigue. De rage aussi, exaspérée d'avoir encore gâché l'argent qu'elle n'avait pas pour payer un avocat véreux, humiliée par ces regards niais et rigolards d'hommes *remplis de vin et de graisse*, qui finissent toujours par s'entendre sur le dos d'une veuve privée d'appui.

La situation de Christine s'est pourtant améliorée. Il y a deux ans, elle s'est résolue à vendre la propriété que le roi avait accordée à Tommaso dans la forêt de Fontainebleau. L'acquéreur, Philippe de Mézières, est l'un des hommes qui avaient écarté son père après la mort de Charles V. Ironie de l'histoire ou pitié tardive d'un vieil adversaire loyal ? Nous n'en savons rien, sinon que Christine avant cela avait frappé à maintes portes, en vain. Elle n'oubliera jamais *ces princes qui ne veulent pas entendre* les plaintes *des pauvres veuves de leurs biens dépouillées.*

Puisque des hommes il ne fallait rien attendre, Christine est allée voir du côté de la reine Isabeau, et elle a fini par intégrer sa cour. Pour y faire quoi ? De la poésie, sans doute. Car Christine s'est mise à écrire. Au départ, elle écrivait seulement pour elle – des rimes mélancoliques pour exorciser la douleur de vivre (*Dieu sait ce que j'endure / Je ne sais comment je dure*), quelques vers aussi pour penser à Étienne et rappeler leur amour foudroyé.

Mais le cœur s'épuise à ne vivre que de peine, alors Christine s'est mise aussi à composer « de petites choses légères », des poèmes d'amour dans l'air du temps. Et la voilà qui désormais participe à ces jeux où chacun est invité à rimer plaisamment sur une première phrase lancée en l'air. Les distractions de la cour de France au XIVᵉ siècle ressemblent parfois étrangement aux jeux auxquels je pouvais jouer, enfant, dans la voiture familiale – « Qu'y a-t-il dans mon corbillon ? »

Ses enfants, d'ailleurs : Christine se garde de les évoquer dans ses poésies, mais c'est à eux qu'elle songe sans doute, tandis qu'elle rentre prestement chez elle avant le couvre-feu nocturne, en tenant d'une main son unique robe pour ne pas la tacher dans les rues crottées. Elle a gagné un peu de répit en vendant cette propriété, sa position à la cour lui vaut quelques gages, mais ses démêlés avec le Trésor ne sont toujours pas réglés. Comment, dans cette situation, assurer à ses enfants un avenir enviable ? Le futur ne semble qu'impasse. Cette nuit encore, elle écrira à l'encre noire.

Source de pleur, rivière de tristesse
Fleuve de douleur, mer d'amertume pleine
M'avironnent et noyent en grant peine
Mon pauvre cœur qui trop sent de détresse

Comment pourrait-elle imaginer que ce sont ces vers qui décideront de l'avenir de ses enfants, et bien plus tôt qu'elle ne le pense ?

*

« C'était mieux avant », voilà ce que proclament aussi les humanistes dans les lettres qu'ils s'échangent. Avant, déplore Jean, les copistes étaient plus soigneux. Avant, assure Gontier, les princes étaient plus nobles. Avant, se désole Nicolas, les gens savaient se tenir en pèlerinage. Autant d'affirmations qui font rire les historiens, mais qu'on ne s'y attarde pas trop. Ce ne sont là que coquetteries, une façon de se donner de l'importance en affichant son exigence.

Le « avant » de Jean de Montreuil et de ses amis ne renvoie pas comme Christine au règne de Charles V. Il remonte bien plus loin, un siècle avant Jésus-Christ, au temps de Cicéron, Virgile ou Ovide, ces auteurs profanes dont ils lisent et relisent les textes comme on écoute en boucle un album des Beatles. Jean, lui, cite volontiers Térence, l'auteur de comédies, comme un critique rock qui, pour se démarquer, révère un petit groupe injustement méconnu.

C'était mieux avant, donc. Mais pour Jean de Montreuil, qui vient de passer le cap de la quarantaine, tout va de mieux en mieux. Il est devenu propriétaire de son logement. Il a été nommé chanoine à Beauvais et à Rouen, et il vient d'être nommé prévôt de l'église Saint-Pierre, à Lille – trois emplois dont il touche les revenus tout en laissant un autre assurer le travail. Au Parti (pardon : au sein de l'Église), on appelle cela un « bénéfice ». Il n'a jamais mis les pieds en Flandre ; c'est pourtant comme « prévôt de Lille » qu'il se présente désormais à ses interlocuteurs. Son activité principale reste à la Chancellerie royale, où il a récemment été promu. En plus de ses tâches habituelles, il enseigne maintenant le bon latin aux nouveaux secrétaires – qu'il désigne volontiers sous le nom affectueux de «*pueri mii*», à mi-chemin entre «mes élèves» et «mes enfants». Que leur fait-il étudier? Les lettres de Coluccio Salutati, bien sûr. Et pour que se répandent les idées nouvelles, il encourage les plus prometteurs à écrire eux-mêmes. «N'oubliez jamais que c'est en écrivant qu'on devient écrivain, alors inspirez-vous des plus grands, et au travail!»

Où nos humanistes se retrouvent-ils? J'aimerais le savoir, mais dans leurs lettres, les trois amis sont avares de détails intimes. J'ai longtemps cherché une version latine de «on se retrouve aux bains mardi?», «désolé, je n'ai pas trop le moral en ce moment» ou «dis-donc, cet évêque que tu devais contacter de ma part, il t'a répondu?», mais en vain. C'est qu'au XIVe siècle, les lettres sont faites pour être conservées, et partagées. Qu'on imagine plutôt les pièces jointes d'un mail – les messages personnels, eux, sont confiés à l'oral au porteur de la lettre: nul besoin de trace écrite. Il ne me reste plus qu'à les imaginer dans divers lieux. Dans une taverne chic? Aux étuves, qui leur rappellent les thermes romains, et où la prostitution se pratique sous la toge? Peut-être. Sans doute se croisent-ils dans les coulisses de la Chancellerie royale. Je les imagine plus volontiers se réunir chez Gontier, le plus riche d'entre eux, qui vit avec femme et enfants dans un vaste hôtel particulier du Marais, avec une fauconnerie, de grandes pièces garnies de tapisseries, et maints objets rapportés de ses diverses ambassades. C'est sans doute là que, servis par des domestiques, nos trois rockers se lamentent sur la corruption de l'époque, partagent leurs dernières lectures et commentent avec passion les grandes affaires du temps.

La grande affaire de cette fin d'année 1394, c'est l'élection d'un nouveau pape à Avignon. Car désormais, il n'y a plus un, mais deux papes : l'un en Italie, l'autre en France. Dans les villes comme dans les campagnes, les gens s'en moquent : tant qu'il y a un curé pour dire la messe et distribuer quelques bénédictions, tout va bien. Mais dans les hautes sphères, on se passionne. Pas un prince qui n'ait pris position pour Rome ou pour Avignon. Et dans les palais parisiens, où l'on est bien décidé à mettre fin à ce Grand Schisme qui dure depuis plus de quinze ans, on se déchire en appelant à l'unité.

Si la question passionne nos trois amis, c'est surtout parce que Nicolas Clamanges vient d'être appelé par le pape d'Avignon. Mieux encore : c'est lui qui sera chargé de présenter au nouveau pape l'hommage de l'université de Paris. Consécration ! Mais si Nicolas s'en va, c'est aussi le groupe qui se sépare…

– Tu ne vas tout de même pas rester là-bas ? se désole Jean de Montreuil. Tu es fait pour écrire, que ferais-tu dans ce lieu de débauche, toi le meilleur d'entre nous ?

– Je serai là où tout se joue, Jean ! C'est à la cour du pape qu'on écrit le latin le plus pur.

– Je sais. Mais les mœurs d'Avignon, Nicolas ! Ces cardinaux qui enlèvent des femmes mariées dans la bonne société et font emprisonner leur mari, et toutes ces rumeurs encore pires... Tu crois vraiment que tu pourras étudier dans cette ambiance ?

– Ne joue pas les prudes, intervient Gontier. Nicolas verra bien si cela lui convient. Réjouissons-nous plutôt : l'un des nôtres est dans la place, cela nous ouvrira de nouvelles perspectives. Et tu nous écriras souvent, n'est-ce pas, Nicolas ?

Des trois amis, Gontier a toujours eu le plus de flair politique. Il n'écrit pas autant que les deux autres, mais il garde précieusement chacune de leurs lettres pour sa collection. Il sait que celles de Clamanges auront plus de valeur encore en venant d'Avignon.

Jean, lui, ne cache pas sa déception. Il ne perd pas seulement un ami, il perd aussi un complice – celui auprès duquel, jour après jour, il épurait son latin. Il doit se faire une raison : sans Nicolas, il ne tutoiera jamais les sommets de l'éloquence. Qu'à cela ne tienne ! Il n'en continuera pas moins de tutoyer ses interlocuteurs – et plus que jamais. Il écrit à tout va, et il cultive son style, multipliant les phrases torturées et les citations d'auteurs antiques. Mielleux avec les puissants, jouant les modestes comme seuls les ambitieux savent le faire, il se montre affectueusement sarcastique avec ses amis, résiste mal à l'attrait d'un bon mot et manie l'ironie jusqu'à la provocation. *Je te trouve bien silencieux,* écrit-il à Gontier. *J'imagine que c'est parce que tu es occupé à relire Virgile ? Je comprends, c'est plus important que de donner des nouvelles à ses amis, ou de leur livrer des détails croustillants sur les négociations avec les Anglais…*

Comme Clamanges, il fait copier chacune de ses lettres en plusieurs exemplaires, en rêvant qu'un jour peut-être, les générations futures se pencheront sur sa prose. Il écrit aux plus jeunes pour leur prodiguer des conseils (*Lisez Clamanges!*), il écrit au vieux Mézières en le suppliant de lui céder quelques-uns de ses livres, il échange avec Pierre d'Ailly, il écrit personnellement au nouveau pape pour le féliciter. Et toujours ses pensées se tournent vers l'Italie. Une nouvelle ambassade dans la Péninsule? Il en profite pour entamer une correspondance avec l'humaniste Jacopo d'Angelo, et étendre ses réseaux. Un inédit de Plaute refait surface? Il s'active pour en obtenir une copie. Et quand un cardinal italien, à Avignon, s'étonne de la qualité du latin de Clamanges, il n'hésite pas: il prend sa plus belle plume et vole dans celles du prélat pour défendre l'honneur de son ami et des lettres françaises: *Pétrarque est mort depuis vingt ans, reconnaîtrez-vous enfin que les orateurs français vous valent bien?*

Tel est Jean de Montreuil en cette année 1395: il s'impose dans le paysage, et il s'enhardit. Anticipant un nouveau voyage à Florence, il écrit à Coluccio pour lui demander de nouvelles lettres. N'obtenant pas de réponse, il lui écrit de nouveau, en joignant à son courrier du matériel d'écriture – *au cas où tu serais empêché…* Coluccio Salutati accédera à sa requête et lui confiera une copie de sa correspondance récente (ainsi qu'un encrier:

don, contre-don, c'est la loi non écrite du Moyen Âge)[1]. De retour à Paris, il trouvera une lettre conciliante du cardinal italien, et deux tapis offerts par Jacopo. Pour quels services ? On ne sait pas. Mais Jean le remerciera en l'invitant à Paris : *Ensemble nous pourrons nous moquer des beaux parleurs*, écrit-il. Et nous échanger des livres, bien sûr.

Non, vraiment, tout va très bien pour lui.

---

1. Peut-être Jean de Montreuil aura-t-il découvert dans ce nouveau lot ces signes récemment inventés par Salutati : les parenthèses, et le point d'exclamation. J'en doute : si tel était le cas, il se serait empressé de les utiliser. En revanche, après cet échange, il modifie à nouveau sa façon d'écrire les *s*, ou les *r*. Il adopte définitivement ces lettres légèrement penchées, auxquelles les typographes donneront un siècle plus tard le nom d'« italique ».

1396

L'autre grande affaire du temps, c'est l'Angleterre. Et cette fois, tout le monde est concerné. Dans les palais et les chancelleries, on débat de stratégie. La guerre, ou la paix ? Dans les campagnes, le choix est vite fait. On n'aime guère les Anglais (ils ne connaissent rien aux mœurs locales, ils parlent bizarrement et lèvent de lourdes taxes pour financer leur occupation), mais ce qu'on veut avant tout, c'est la paix. La guerre détruit tout, ces chevaliers en armes ne respectent rien, et leurs mercenaires sont encore pires.

Massacres, viols, incendies, famine : si les rois étaient au courant des exactions commises en leur nom, ils préféreraient abdiquer : c'est Jean de Montreuil qui écrit ces lignes dans une longue lettre adressée au duc de Lancastre, l'un des hommes les plus influents d'Angleterre, au cours d'une ambassade dans la lointaine Écosse. Il a écrit sa lettre en latin, bien sûr (On ne se connaît pas, Ô grand seigneur, mais je vous sais homme de lettres, voilà qui nous fait une passion commune – au fait, je peux vous tutoyer, comme le ferait Sénèque?).

En cette année 1396, la France et l'Angleterre ne sont pas officiellement en paix. Elles ne sont pas en guerre non plus. Charles VI a été bercé de récits de chevalerie, mais il n'a rien d'un belliciste. Depuis le début de son règne, en 1380, des trêves ont été conclues, reconduites, prolongées encore, mais l'équilibre est fragile. Bordeaux reste possession anglaise, le Calaisis aussi. De l'autre côté de la Manche, le roi Richard II estime toujours que la couronne de France devrait revenir à sa famille. Depuis quinze ans, pourtant, il n'a plus mené d'expédition militaire sur le continent : lui aussi doit affronter la colère d'un peuple mécontent de son sort. Il sait aussi que s'il tentait l'aventure française, ses rivaux (Lancastre en tête) s'empresseraient de lui voler son trône à Londres…

Un drame va bientôt accélérer l'histoire : l'épouse de Richard II succombe à une épidémie de peste. Le roi d'Angleterre n'a que vingt-sept ans, le voilà veuf et sans héritier. Dans l'entourage de Charles VI, on y voit une opportunité : et si Richard prenait pour reine une princesse française ? Voilà qui arrangerait tout le monde ! On cherche une jeune femme de haut rang à lui présenter. Gontier souligne que l'idéal serait de lui proposer la propre fille de Charles et Isabeau, la petite Isabelle. Elle n'a que huit ans ? Pas de problème. Elle veut bien devenir reine, on ajoute à sa corbeille une belle somme d'argent, et les fiançailles sont annoncée. Célébration !

Le départ de la jeune fille pour l'Angleterre est fixé à la Toussaint 1396. Rendez-vous est donné entre les communes d'Ardres et de Guines, à la limite des possessions anglaises dans le Calaisis.

Cent vingt tentes aux tissus munificents, des pierres précieuses incrustées dans la vaisselle d'argent, des bijoux, des étoffes d'or et de soie, des couronnes en or, des chaînes en or, des selles en or ! On a dépensé plus qu'il n'y avait dans les caisses, mais la paix vaut bien ça. On s'est mis d'accord en amont, en revanche, pour que les habits royaux restent simples, histoire d'éviter les jalouseries – pas de ça entre nous, cousin !

... Mais ce n'est pas pour décrire les tapisseries, les belles robes et les menus de gala que je parle de cette entrevue royale. Ce qui nous intéresse, c'est que Christine est là, parmi les dames et demoiselles qui composent la suite de la reine Isabeau. Elle ne le sait pas encore, mais on ne va pas tarder à lui faire une proposition qu'elle ne pourra pas refuser. Jean de Montreuil est présent lui aussi – tout comme Gontier, lui qui ne manque jamais une occasion de mêler le travail et le plaisir. Christine et Jean vont-ils enfin se rencontrer ? Patience.

Le premier entretien entre les deux souverains a lieu le 27 octobre. Il fait froid, la terre est boueuse, le vent fait trembler les tentes, mais l'ambiance est chaleureuse, les armes interdites, vins et épices *en grant foizon*. Jean de Montreuil est aux premières loges, il assiste au baiser de paix (bouche fermée) entre les deux hommes.

– Alors, lance Richard, un hanap à la main, on raconte que le roi de France ne m'aime pas ?

– Votre Altesse sérénissime, répond Charles VI, je ne crois pas qu'un prince puisse être aimé avec tant d'affection que celle que je vous porte.

– Eh bien, réjouissons-nous ! Et que ceux qui pleurent périssent à jamais.

Le dialogue manque de naturel, mais c'est ainsi que le rapporte Jean dans une lettre qu'il adressera la semaine suivante à un correspondant italien.

Deux jours plus tard, la jeune Isabelle, presque neuf ans, est enfin présentée à son futur époux. On pleure, on s'embrasse, on s'offre de nouveaux cadeaux. Christine assiste à la scène, elle archive ces images pour de futurs poèmes. Mais pour elle, c'est en marge de la cérémonie que tout se passe, sous les tentes où l'on joue aux dés ou à la toupie à l'abri du vent, où l'on danse plus ou moins chastement – et où, dans les temps calmes, on écoute de la musique en ripaillant et en rimaillant.

C'est lors d'un de ces soupers qu'elle fait la connaissance du comte de Salisbury, John Montagu, un des favoris du roi d'Angleterre. On le dit « lollard », cet étrange mouvement qui remet en cause la supériorité des nobles. Il est bel homme, la quarantaine altière, il a le visage affable et une idée derrière la tête. Et il se révèle *gracieux ditteur*, in French dans le texte. Christine fait-elle valoir ses talents d'improvisatrice ? Nul besoin, en vérité, sa réputation grandissante l'a déjà précédée. Une poétesse qui rivalise avec les Machaut et les Deschamps ? Salisbury était curieux de la rencontrer.

– Enfin ! J'ai tant entendu parler de vous…

– C'est un honneur, Monseigneur.

– Je vous ai écoutée, tout à l'heure. On devrait plus souvent laisser les femmes parler d'amour.

– À qui le dites-vous.

– Et je sais aussi, pour votre époux. Vous m'en voyez désolé.

– Je vous remercie. Être veuve n'est pas la position la plus enviable par ici…

– Eh oui. Comment dites-vous, déjà ? *Com turtre suis sanz per toute seulete / Et com brebis sanz pastour esgarée / Car par la mort fus jadis séparée / De mon doulz per, qu'a toute heure regrette…*

– Mon premier rondeau ! Je suis flattée.

– J'ai mes sources. On m'a dit aussi que les hommes de cour à Paris vous causaient quelques soucis… Mais parlons d'autre chose ! Vous avez des enfants, n'est-ce pas ?

– Trois, oui.

– Et quel âge a votre fils aîné, déjà ?

– Jean ? Il va sur ses dix ans.

– C'est ce qu'on m'avait dit. Voilà qui nous fait un point commun. Voyez-vous, ma femme et moi avons un fils à peine plus jeune, et je me demandais…

Il marque un temps car les personnages marquent toujours un temps d'arrêt avant d'en venir au fait, dans les dialogues fictifs. Christine pourrait répliquer : « Vous vous demandiez ? » mais elle sait déjà ce que le duc va lui proposer : des émissaires anglais sont venus la trouver à Paris, il y a quelques mois, pour tâter le terrain. Et puis, Salisbury est un chevalier, il n'est pas homme à hésiter longtemps :

– Accepteriez-vous de faire venir votre fils à Londres ? Il pourrait apprendre à notre Thomas le vrai français de France. En retour, je lui promets les meilleures études, je lui ferai rencontrer des poètes de chez nous… Vous connaissez Geoffrey Chaucer ?

Chaucer, le premier des grands poètes anglais, l'auteur des *Contes de Canterbury* et du *Parlement des oiseaux* ! Christine connaît, bien sûr.

– C'est aussi lui qui a traduit chez nous le *Roman de la Rose*. Vous l'avez lu, j'imagine…

Que peut répondre Christine sinon avec un de ces sourires charmants qu'elle a appris à maîtriser à la cour ? Le *Roman de la Rose*, elle connaît, bien sûr. Elle pourrait faire semblant de l'avoir lu, puisque comme tant d'autres, elle en connaît l'histoire. Mais en 1396, je suis presque certain qu'elle ne l'a pas encore eu entre les mains.

– Promettez-moi de penser à ma proposition en tout cas, dit le duc en répondant à son sourire. De toute façon nous nous reverrons. Je viens régulièrement à Paris en ambassade, et maintenant que nos deux pays sont plus liés que jamais…

Le lendemain, tous deux assistent aux joutes qui opposent en terrain neutre les plus grands chevaliers des deux nations. On est en train d'inventer le sport de haut niveau, et les compétitions internationales – rien de tel pour oublier qu'un mois auparavant à Nicopolis, près de Constantinople où elle soutenait le roi de Hongrie, la chevalerie française a été humiliée par l'armée ottomane.

De retour dans le camp français, Christine est abordée par un ambassadeur français.

– Pardonnez-moi Madame de m'occuper de ce qui ne me regarde pas, mais sachez que pour la paix entre les deux royaumes, on apprécierait en très haut lieu que vous acceptiez l'offre qui vient de vous être faite…

Cet homme, ce n'est pas Jean de Montreuil.

Comme j'aurais aimé pourtant que ce soit le cas ! C'eût été romanesque en diable. Mais c'est peu probable : on sait que Christine a reçu d'amicales pressions pour accepter l'offre de Salisbury, mais elles émanaient de « grands seigneurs » : le prévôt de Lille n'en est pas encore là. Quoi qu'il en soit, l'intervention fait son effet sur Christine. Elle se garde de répondre tout de suite, elle sent qu'il y a là de quoi négocier, mais depuis la veille, l'idée a commencé à faire son chemin. Que pourrait-elle offrir de mieux à son fils qu'une éducation dans une des plus grandes familles anglaises ?

L'affaire se conclura après un an de discussions. Christine aurait aimé en profiter pour régler tous ses procès, et se faire enfin payer les sommes que le Trésor devait à Étienne, mais il faut croire que ni la reine Isabeau ni les ambassadeurs n'ont le bras assez long pour atteindre le coffre royal. Ce qu'elle obtient, en revanche, c'est que sa fille Marie soit admise au couvent de Poissy, le plus prestigieux du royaume, où elle accompagnera la troisième fille du couple royal. Sans cette transaction hautement diplomatique, elle n'aurait jamais eu les moyens d'un tel établissement.

Et si elle a *le cuer dolent* en se séparant si tôt de deux de ses enfants, elle entrevoit aussi cette nouvelle vie qui s'ouvre à elle. En 1398, elle n'a plus auprès d'elle que son second fils, cette petite nièce qui trouvera bientôt un mari – et sa mère, toujours vaillante, pour s'occuper de la maisonnée, avec une servante qu'on a pu réembaucher.

Christine n'a pas encore trente-cinq ans, le besoin d'argent se fait soudain moins pressant. Et de l'argent, désormais, elle sait comment en faire pousser. Ses poèmes plaisent à la cour, on lui en réclame régulièrement de nouveaux. Elle n'avait pas l'intention de les rendre publics, mais d'autres l'ont fait pour elle et des copies circulent déjà, alors pourquoi pas? C'est décidé, elle en fera son métier, quoi qu'on en dise.

On n'a jamais vu personne, homme ou femme, vivre uniquement de sa plume?

Eh bien, on va voir.

Je n'arrive pas à savoir si Christine et Jean se sont déjà rencontrés en 1396.

C'est frustrant.

Ils doivent bien se connaître, pourtant : le Paris littéraire est un tout petit monde. Et quand bien même je n'ai pas de preuve d'une rencontre, j'en sais assez sur eux pour imaginer ce qu'ils peuvent penser l'un de l'autre.

Pour Jean de Montreuil, Christine est la veuve d'un ancien collègue – cet Étienne qu'il n'aura côtoyé que quelques mois, mais qui n'a pas pu le laisser indifférent : c'était un « senior », dont le beau-père était médecin du roi certes, mais surtout italien. Étienne Castel n'avait pas étudié à Navarre, mais de toute la Chancellerie, c'est peut-être lui qui avait accès au latin le plus pur. Qui sait, d'ailleurs : n'eussent été les plans de la Providence, il aurait peut-être fini par faire partie du groupe

Que Christine écrive de la poésie, en revanche, ça l'émeut assez peu. Il arrive pourtant à Jean d'en lire, peut-être même d'en écrire en secret : Clamanges lui-même vient de s'y essayer. Mais la poésie, pour le Jean de Montreuil de cette fin de siècle, n'est guère qu'un divertissement de cour, et il n'a que mépris pour tous les courtisans.

Pour le dire rapidement : il se voit comme un rocker exigeant, un pur et dur. Christine, elle, n'est qu'une chanteuse pop qui tente de gagner des followers dans les hôtels princiers.

Christine a dû entendre parler de cette petite bande de clercs iconoclastes et prétentieux pris dans une relation d'amour-haine avec l'Italie. Elle en rit peut-être, elle qui lit l'italien dans le texte alors que Jean, Gontier et les autres, fascinés par Cicéron et Horace, n'ont jamais entendu parler de Dante.

Dans le même temps, elle ne peut s'empêcher de les jalouser. Ils jouissent de tous les avantages des hommes, ils ont une situation bien établie, et surtout : ils ont cette passion pour l'écriture qu'elle partage, et à laquelle ils peuvent s'adonner pleinement tandis qu'elle se débat encore contre leurs homologues des tribunaux pour faire valoir ses droits.

Lasse de chercher des appuis parmi les avocats et les clercs, elle s'est rapprochée de quelques chevaliers rencontrés à la cour de la reine : Boucicaut, Charles d'Albret, Jean de Werchin, ces héros de la chevalerie finissante qu'on appelle les « Élégants ». Ils ont écumé les champs de bataille, jouté contre les Anglais, combattu en Italie et en Orient. Ils ont partagé des nuits d'attente, quelques heures de gloire et des mois entier de captivité à Damas et au Caire, où ils ont passé le temps en déclamant des vers.

Ces chevaliers-poètes sont-ils venus au secours de Christine pour l'aider à surmonter ses difficultés financières ? Ce n'est pas impossible : elle les connaît, elle les fréquente, et elle trouvera parmi ces chevaliers ses premiers lecteurs. Un jour, d'ailleurs, elle racontera leurs exploits – mais nous n'en sommes pas là.

1398

Si j'écrivais une fiction, il serait temps que Jean de Montreuil rencontre quelque obstacle. Les histoires d'ascension sociale, c'est beau, mais on a envie de voir nos héros tomber et se relever, on veut triompher avec eux d'épreuves homériques – à tout le moins, des tracas quotidiens.

Las ! Je consulte les archives, j'explore de nouvelles pistes, je cherche les failles : tout semble rouler pour le prévôt de Lille. Sa bibliothèque s'étoffe, il cumule les emplois à Paris et les bénéfices en province, une ambassade de temps à autre... On lui confie moins de missions qu'à Gontier Col, mais il ne s'en plaint pas. Ou plutôt, si : il se plaint, bien sûr, car telle est sa nature (*Ah, si je n'étais pas obligé de courir l'Europe pour le travail, je pourrais étudier et lire à loisir !*, écrit-il au vieux Mézières). Mais il sait aussi reconnaître ses privilèges. *Merci mon Dieu de nous avoir fait naître hommes et pas femmes, catholiques et pas infidèles, français et pas barbares*, écrit-il dans une petite composition qu'il enverra plus tard à Jacopo. Il se félicite aussi d'être célibataire plutôt que marié, et il prie Dieu de lui permettre de toujours jouir de cette liberté sans jamais en abuser.

1398 est une année intense sur le plan diplomatique. En Angleterre, l'entourage de Richard II fait des misères à la petite princesse Isabelle (Gontier est sur le coup). En Orient, le sultan Bajazet menace, et l'empereur de Constantinople supplie qu'on lui vienne en aide. On tente de le rassurer mais après l'humiliation de Nicopolis, il est désormais hors de question d'envoyer une armée.

1398, c'est surtout l'année où l'on décide de passer à l'action contre le pape d'Avignon, qui avait promis d'abdiquer mais s'accroche à son poste. On assèche ses finances, on assiège son palais. Le coup finira par échouer mais en attendant, ça secoue dans la cité des papes : Gontier et Jean doivent exfiltrer leur ami Clamanges. Le groupe va-t-il se reformer ? Jean de Montreuil en rêve. Allez Nico, reviens ! Il promet de lui trouver un poste dans une chancellerie, mais Clamanges décline. L'agitation de la ville, c'est fini pour lui. Il a la santé fragile, et il veut du calme pour lire et écrire, sans personne pour critiquer son style. Il finira par s'installer à Langres.

Jean envie secrètement son ancien élève, devenu leur maître à tous. Mais il se plaît trop à Paris, au cœur de la machine d'État, avec des copistes à portée de main à qui dicter ses lettres à toute heure du jour. Il a pris goût à la capitale et à ses intrigues. Il a même invité sa mère à le rejoindre depuis les Vosges : il a acheté pour elle un petit hôtel avec jardin, non loin de chez Gontier.

Il a fait embellir sa maison de la rue Simon-le-Franc, aussi. Sur les tapis de Jacopo reposent des coffres précieux dans lesquels s'accumulent les livres. À l'extérieur, pour se distinguer, il a choisi de faire figurer les dix lois de Lycurgue, le roi mythique de Sparte : frugalité pour tous, interdiction de l'argent et de l'or, partage des terres, repas en commun pour tout le monde, défense d'acheter plus d'un habit par an… Un collectionneur de bénéfices qui fait ostensiblement l'éloge de la sobriété : ça a dû en faire rire plus d'un, dans le groupe. Mais cela lui ressemble tellement, lui le clerc, d'afficher des valeurs si païennes quand ses voisins laïcs exposent devant leur porte des statuettes de leur saint patron. Rock n'roll ! La provocation, cela dit, n'est pas du goût de tout le monde, même chez les humanistes. Un compagnon de route du mouvement ne tarde pas à déplorer cet étalage de paganisme. Jean réplique aussitôt, sarcastique : « Tu ferais mieux de répondre plus vite à mes lettres plutôt que de m'embêter avec ça. Va donc servir Dieu dans ton coin, petit dévot, et n'oublie pas de te nourrir entre deux prières ! »

Susceptible et théâtral, il réagit avec la même verve quand untel met en doute le latin de Clamanges (« Vous allez laisser dire ça, vous autres ? »). Et quand ce diable d'Ambrogio ose affirmer qu'Ovide vaut mieux que Virgile, il écrit une lettre outrée à Gontier : *Ah, tu défends cet ingrat d'Ambrogio, ce malotru sans foi ni loi que j'ai hébergé quand il n'avait pas de toit, et qui ose devant moi chier sur Virgile et Cicéron ?* Mais à la fin de sa lettre, il ne manque pas de rappeler que Gontier est pour lui un frère, à la vie à la mort. Il est comme ça, Jean, il aime dramatiser, il ne craint pas d'agacer, mais dans son camp on ne lui en tient pas trop rigueur. Voire : on joue le jeu. Car ces querelles amicales et littéraires ne sont au fond qu'un loisir faussement innocent : de jeunes chiots de quarante ans qui s'entraînent à l'éloquence en s'inventant des querelles – cette façon très française d'être sérieux mais pas trop, cette élite lettrée qui érige la polémique au rang de sport de gentlemen.

Au jeu de l'invective, il faut reconnaître que Jean de Montreuil est le plus doué. Celui qui a le mieux retenu la leçon de Pétrarque, même si son latin reste pataud. Celui qui a le plus envie de jouer, aussi. Plus je relis ses lettres de l'époque, plus je me dis qu'il en rajoute à défaut de trouver un adversaire à sa hauteur.

Patience, Jean, patience ! Ça va venir.

*

Christine, elle, préfère se tenir à l'écart des polémiques. Des rumeurs, aussi. Elle n'ignore pas ce qu'on raconte sur elle : une veuve qui parle si joliment d'amour, c'est qu'elle doit s'y connaître, non ? On lui prête une liaison avec le comte de Salisbury, avec le poète Deschamps et même avec un prêtre. *Ne fut il pas dit de moy par toute la ville que j'amoie par amours ?* Elle ne s'en offusque pas, et à chaque nouvelle rumeur, elle oppose la même réponse, avec le sourire : « Dieu, lui et moi savons bien qu'il n'en est rien. »

Maintenant que ses deux aînés ont quitté le foyer, elle organise son retrait de la cour. Elle y garde d'abord un pied, puis ce ne sera qu'un orteil, pour s'assurer qu'on ne l'oublie pas. Elle se rend régulièrement à Poissy, pour voir sa fille. Mais c'est bien chez elle qu'elle passe désormais l'essentiel de son temps, au dernier étage de la tour où elle a aménagé son espace de travail : un grand fauteuil protégé du froid par un dais, des coussins pour le confort, et une table-coffre remplie de livres, avec un lutrin pour la lecture. Sans oublier son matériel d'*escripture* au grand complet : papier et parchemins, plumes, encres et entonnoirs, règle et mine de plomb pour préparer la page, et une pierre ponce en guise de gomme.

Pour ne pas décevoir lecteurs et lectrices, elle commence par éditer un best-of de ses premiers poèmes, qu'elle intitule *Cent ballades*. Le recueil pourrait signer son entrée dans la carrière littéraire ; il marque surtout la fin d'un cycle. Terminé, les « petites choses légères » qui plaisaient tant à la cour ! Elle entend désormais s'attaquer à d'autres sujets, de ceux qu'on réserve d'ordinaire aux hommes. Pour cela, elle doit d'abord lire, beaucoup, et parfaire cette éducation qu'elle n'a pas vraiment reçue. Ah, elle regrette aujourd'hui d'avoir passé tant de temps à jouer, enfant, et de n'avoir gardé que gouttelettes du savoir paternel ! Mais le passé est le passé, et pour avancer, elle a choisi sa voie : ce sera le « chemin de longue étude ». Il y a tant à apprendre, mais elle a du courage et de la patience à revendre – ou plutôt non : si tel était le cas elle les aurait déjà revendus. Disons qu'elle n'en manque pas. De ténacité, non plus.

Il lui faut commencer par trouver les livres, et ce n'est pas le plus simple : même d'occasion, ils valent plus cher que le cercueil qu'elle a payé pour l'enterrement d'Étienne. Certains lui viennent de son père. Les autres, elle les emprunte à la librairie royale, au Louvre, où le vieux conservateur, qui l'avait prise en affection du temps de Tommaso, officie toujours.

Elle compose elle-même son programme. Elle commence par étudier l'histoire : les Hébreux, les Grecs, puis les Romains, les Francs, les Capétiens… Elle lit les classiques de l'Antiquité, penseurs et poètes : Aristote, Virgile, Ovide. Puis elle avance dans le temps avec Boèce, Saint-Augustin, Thomas d'Aquin, Dante qui l'émerveille, Boccace qui l'enchante. Pétrarque ? Aussi. Elle découvre les romans de la Table ronde, Tristan et Yseut… Et, bien sûr, le *Roman de la Rose*, ce roman où, promet l'incipit, *l'art d'amour est tout enclose*. Elle n'aura pas eu de mal à se le procurer : jamais un livre n'a été autant copié que celui-ci. Et à raison, songe-t-elle en murmurant pour elle-même les premiers vers, qui appartiennent déjà à la culture populaire. Mais passé le premier tiers du livre, son œil glisse plus vite sur les pages, et son sang commence à bouillir. Elle avait déjà pesté en lisant *L'Art d'aimer* d'Ovide, elle retrouve ici les mêmes clichés sur les femmes, les mêmes mensonges, les mêmes conseils imbéciles, cette vision guerrière de l'amour qui le réduit tantôt à une conquête, tantôt à une malédiction – *L'amour, c'est paix haineuse, c'est haine amoureuse*, faut-il être triste ou fat pour écrire ça ! Elle retrouve aussi, entre les lignes ou en toutes lettres, ces phrases prétentieusement salaces des chevaliers goujats et des clercs égrillards, ces « bons mots » et mauvaises blagues que s'échangeaient en plein tribunal ces hommes de loi repus de viandes en sauce, dont pas une femme n'aurait voulu et qui pourtant se croyaient si supérieurs. « Ce n'est pas l'affaire des femmes d'être savantes », lui avait lancé l'un d'eux un jour. Elle avait rétorqué que c'était encore moins celle des hommes que d'être ignorants, et qu'elle en voyait pourtant beaucoup...

Elle saute des pages entières tant le livre est verbeux, s'arrête un instant sur un passage qui la fait réfléchir, puis de nouveau soupire quand sous le discours érudit transparaît de nouveau une misogynie de taverne. Et plus elle lit, plus l'envie d'écrire lui vient.

Parler d'amour, elle l'a souvent fait, oui. Mais elle ne veut plus écrire de jolis poèmes où de preux chevaliers confient leurs tourments à de nobles dames. Elle a trop entendu, autour d'elle, de récits d'amoureuses déçues ou de femmes trompées, de prédateurs bien habillés et d'amantes qui pleurent d'avoir cédé. Cette fois, si elle parle encore d'histoires de cœur, ce sera pour raconter l'amour non pas tel qu'il se rêve, mais tel qu'il se pratique. Et si elle s'était largement inspirée de son amour pour Étienne dans ses *Cent ballades*, cette fois elle ne veut plus parler à la première personne. Elle veut parler au nom de toutes les femmes. Son texte trouvera-t-il preneur ? Choquera-t-il ? Plaira-t-il ? Elle s'en moque.

Ce soir, elle n'en peut plus de ces hommes qui écrivent sur les femmes. Cette fois, c'est elle qui va se les payer. Alors elle pose son cœur sur la table, près de son encrier, elle aiguise sa plume, et se met à écrire.

II

L'AMOUR

1

Sois bien persuadé qu'il n'est point de femmes qu'on ne puisse vaincre, et tu seras vainqueur.

Ainsi s'adresse le poète Ovide, en l'an 1, au jeune citoyen romain qui ignore encore l'art d'aimer. S'ensuivent de savants conseils tactiques, souvent teintés d'ironie, qu'on pourra résumer ainsi : la femme cache son désir, elle dit non mais si tu sais t'y prendre elle te dira oui, car quoiqu'elle s'en défende, elle a toujours envie. Sois viril, sois fier, montre un peu de savoir-faire, et elles seront toutes à toi !

Ovide ne peut savoir que ses recommandations seront reprises vingt siècles plus tard, et au premier degré, par les coaches en séduction du monde entier. Sans doute en serait-il le premier surpris. C'est que dans la Rome antique, on badine volontiers avec l'amour. Pas tout le monde, certes : des lois sévères interdisent l'adultère aux femmes, et Ovide sera banni pour immoralité. Mais chez les poètes comme chez les philosophes, le sujet est considéré comme mineur.

C'est le Moyen Âge chrétien qui va faire de l'amour une question majeure. L'amour, force motrice de l'Univers ! L'élan qui nous pousse vers l'être aimé est aussi celui qui nous élève et nous tend vers le Ciel. L'Église célèbre l'amour de Dieu, et désormais les mariages, fussent-ils de pure raison, se célèbrent devant l'autel.

La culture profane, elle aussi, célèbre l'amour. Et elle n'a pas les pudeurs de l'Église pour l'amour charnel, à en croire les fabliaux érotiques qui circulent gaiement, où les curés sont rarement les derniers à se retrouver cul-nu. Les femmes chantent à la fontaine des histoires d'amoureuses qui se languissent de leur ami parti à la guerre, ou qui entraînent leur amant dans un endroit discret à l'abri du mari jaloux. Elles chantent aussi parfois en chœur et en ronde sur le parvis des églises, avec des paroles qui font rougir les prêtres au point qu'une bulle papale, au IXe siècle, tentera de les faire interdire.

Au tournant des XIe et XIIe siècles (-300 avant Christine !), troubadours et jongleurs chantent la *fin'amor*, mettant le chevalier à l'épreuve du désir d'une femme toujours inaccessible. Trop belle, trop lointaine. Interdite, surtout, car il s'agit le plus souvent de la femme du seigneur : « l'amour courtois » est une histoire d'hommes plus que de femmes. Le chevalier doit prouver sa valeur à son maître, faire montre de courage mais aussi de mesure : telle est la noblesse, du moins dans les poèmes. Quand la femme reste dominée par ses émotions, l'homme, le vrai, sait dompter ses passions : telle est la fable qui survit à toutes les religions.

L'amour, c'est aussi cette flamme qui décuple forces et qualités, c'est la *libido sciendi* qui est soif de connaissances et de découvertes, c'est ce souffle qui nous emporte comme il emporte Lancelot et Guenièvre, Tristan et Yseut et tous les héros des romans qui naissent à cette même époque. Des histoires qui se terminent mal, en général, mais on en redemande.

L'amour traverse toutes les grandes questions de l'époque médiévale. Il s'invite même dans la rivalité qui s'installe entre le clerc et le chevalier – le soldat de Dieu et celui du roi, l'homme de lettres et l'homme d'action. Au XIIe siècle, un pastiche de concile met en scène les religieuses de l'abbaye de Remiremont autour de cette question brûlante : qui vaut-il mieux comme amant, un clerc ou un chevalier ? Chacune développe ses arguments, puis la conclusion tombe : « Gardez-vous bien de céder à un chevalier, mesdemoiselles ! dit l'abbesse. Ils sont bien trop grossiers, il vous en cuirait ». Mais bien sûr, c'est un clerc qui tient la plume...

Nous avons dépassé 1150, et la cote des chevaliers a commencé à chuter sur le grand marché de l'amour. Les déclarations enflammées, l'épée au côté et le cheval sellé, ne sont plus à la mode. Au début du XIIIe siècle, tandis que la croisade contre les cathares ravage le Languedoc des troubadours et que commence le grand mouvement de centralisation du pouvoir, les histoires de *fin'amor* commencent à être compilées en recueil – c'est le signe que c'est bientôt fini. On continue de parler d'amour, bien sûr, mais le temps est venu de renouveler le genre.

C'est dans ce contexte, vers 1230, qu'arrive le *Roman de la Rose*.

2

Ce est li romanz de la rose,
Ou l'art d'amours est toute enclose

Guillaume de Lorris, c. 1230

Par une belle matinée de mai, un jeune homme se réveille. C'est le jeune homme éternel, la vie devant lui, prêt à toutes les aventures.

Il se lève, se chausse, se lave les mains et sort flâner au son des rossignols qui chantent dans les arbres. Il suit en sifflotant le cours d'une rivière, jusqu'à découvrir un grand et somptueux verger, entièrement clos d'un haut mur crénelé. (Comment peut-il savoir que des merveilles l'attendent de l'autre côté si le jardin est emmuré ? Excellente question. Nous n'aurons pas la réponse, mais l'auteur a bien précisé qu'il s'agissait d'un rêve. Autant dire que tout est permis.) Il en fait le tour et finit par trouver un portillon camouflé dans le mur. Il toque en vain, tente à nouveau et soudain, miracle :

la porte s'ouvre, et devant lui se trouve une fille belle comme le jour, au cou gracieux *sans tache ni bouton*, les longs cheveux blonds savamment attachés surmontés d'une couronne aux fils d'or et d'une guirlande de roses fraîches. Elle tient en sa main un miroir que des générations d'illustrateurs s'ingénieront bientôt à dessiner. Derrière elle, on devine des chants, des danses, des rires.

– Bonjour, dit-elle. Je me nomme Oiseuse. Es-tu prêt à t'amuser ? Car ici, je te préviens, nous ne faisons que cela.

Oh, cette voix enchanteresse ! Et cette beauté !

La belle Oiseuse conduit le jeune naïf à travers le jardin, vers une clairière bordée d'arbustes enchanteurs. C'est là que se déroule la fête. Au son des ménestrels, il reconnaît Richesse, Largesse, Jeunesse et d'autres qui dansent langoureusement, chacune accompagnée d'un chevalier servant, tandis qu'autour d'eux s'affairent tambourineuses et jongleurs. Tout ce luxe, tous ces plaisirs ! Quand Courtoisie, le sourire aux lèvres, invite le jeune homme à entrer dans la danse, il se croit au paradis.

Sa joie sera bien courte : la musique s'arrête, et les couples s'en vont folâtrer dans les buissons. Oiseuse a disparu, elle aussi. Abandonné à lui-même, le jeune homme s'en va explorer le jardin. Il s'abreuve un instant à l'eau pure et claire d'une fontaine, lorsque du coin de l'œil, il aperçoit le reflet d'un massif de roses derrière lui. Il hésite un instant, craint de courroucer le maître des lieux s'il venait à cueillir une fleur. Et en même temps, qui le saurait ? Le parfum subtil des roses entre dans ses narines jusqu'à l'enivrer. Puis il remarque ce petit bouton rouge vif, encore fermé, plus beau encore que tous les autres. Ô perfection de la nature ! S'il pouvait seulement s'approcher, songe-t-il, mais des orties et des ronces le tiennent à distance...

Et pourtant, il est déjà trop tard pour renoncer. Car le dieu Amour est là, qui l'avait suivi. Il bande son arc, il tire et pan ! La flèche transperce l'œil du jeune homme et vient se ficher en plein cœur. Il tombe et s'évanouit : le voilà amoureux.

Quand il reprend ses esprits, le dieu est penché sur lui.

– Te voilà pris ! dit-il.

Le jeune homme souffre, mais il a déjà compris qu'on ne résiste pas à l'amour.

– Ah sire, je me rends volontiers. Faites de moi ce que vous voudrez.

– Très bien. Sache que je t'élèverai très haut si tu sais me servir. Mais tu devras te montrer patient...

– Oh non ! gémit l'Amant. Je peux supporter la douleur dans mon cœur, mais la patience, c'est au-dessus de mes forces. Il me faut ce bouton, maintenant !

Le dieu sourit en l'entendant. Les amoureux sont décidément tous les mêmes. Mais celui-ci semble sincère. Il range son arc, s'éclaircit la gorge et délivre ses commandements.

– Pour commencer, rappelle-toi de toujours rester courtois. Garde-toi de toute vulgarité, quelles que soient les circonstances. Sers et honore les femmes autant que tu peux – et pas seulement celle que tu aimes ! Si tu entends quelque médisant qui parle mal d'une femme, blâme-le et fais-le taire. Ainsi tu gagneras en réputation. Mais ne va surtout pas en concevoir le moindre orgueil ! L'orgueil, mon jeune ami, n'est pas seulement un péché : c'est une folie. Si tu veux aimer, sache rester ouvert aux autres, et cultive ton élégance. Habille-toi bien, mais selon ton budget, car le goût n'est pas affaire d'argent. Et bien sûr, prends soin de tes dents, coiffe-toi avec style, et n'oublie pas de te couper les ongles.

Le jeune homme soupire. Il se demande comment ces conseils vont lui permettre d'approcher le bouton de rose – sans parler de le cueillir ! Mais on ne coupe pas la parole à un dieu.

– … Cultive aussi la gaîté, et la joie. L'amour, crois-moi, n'a que faire d'un homme morose. Travaille tes qualités, et pratique avec assiduité les activités qui te mettent en valeur. Ah, et un dernier conseil : ne sois pas avare, en rien. Vis, donne de ta personne, sois généreux en tout. Compris ?

Comme le jeune Amant tarde à répondre, le dieu reprend.

– Je sais, tu me diras : « Comment rester gai alors que je souffre ? » C'est comme ça : avec moi, tout devient plus intense, les joies comme les peines. Tu vas souffrir, c'est vrai. Il y aura des jours sombres. Mais le lendemain tu te réveilleras en pensant à elle et tu seras joyeux. Plus d'une fois tu ressasseras cette phrase que tu aurais dû prononcer et que tu n'as pas dite, ou ce mot malheureux qui t'est venu trop vite. Puis tu retourneras la voir, et de nouveau la joie inondera ton cœur.

Le dieu a parlé ; le jeune Amant semble plus perdu encore.

– Comment pourrai-je endurer tout cela ? se lamente-t-il.

Le dieu d'Amour secoue la tête avec indulgence. Depuis la nuit des temps, il a eu l'occasion de roder son discours : il a gardé le meilleur pour la fin.

– Tu supporteras ta souffrance, car je ne te laisse pas seul. Je laisse auprès de toi Espérance, ainsi que trois réconforts : « Douce Parole », « Doux Regard » et « Douce Pensée ». Et maintenant, à toi de jouer.

Les questions se pressent dans la tête de l'amoureux, mais avant qu'il ait pu en formuler une seule, le dieu a disparu. Resté seul, il comprend que sa douleur ne trouvera de soulagement qu'avec cette rose dans laquelle il a mis tout son cœur.

Alors il se relève, et se dirige vers le massif. Il se demande encore ce qu'il va bien pouvoir dire quand un personnage avenant s'avance et se présente : il s'appelle Bel Accueil, fils de Courtoisie. Sans poser de questions, il propose à l'Amant de l'aider à franchir la haie de ronces qui protège les rosiers. « Rien ne vous arrivera de mal si vous vous gardez de commettre une folie », assure-t-il. Le jeune homme jure d'être sage. Mais parvenu auprès des fleurs, l'odeur suave du plus beau des boutons lui monte aux narines. Ah, ce bonheur que de se trouver à portée de l'être aimé ! Affable, Bel Accueil l'invite à se rapprocher du rosier qui porte le bouton adoré, il va même jusqu'à lui cueillir une feuille qui a poussé juste à côté. Mais l'Amant veut la rose, et rien que la rose. La douleur se fait de plus en plus vive dans son cœur de novice. Enivré par la proximité du bouton, et ce parfum si parfait, il croit toucher au but et n'y tient plus.

– Bel Accueil, puis-je vous confier un secret ?

– Bien sûr.

– Eh bien… Vous ne le voyez pas mais j'ai été frappé par une flèche du dieu d'Amour en personne, et je n'ai plus qu'un désir : cueillir ce bouton-là qui est mieux fait que les autres. *Ce est ma mort, ce est ma vie, De nulle riens n'ai plus envie.* Me le donnerez-vous ?

À ces mots, Bel Accueil se rembrunit.

– C'était donc ça. J'aurais dû m'en douter. Il n'en est pas question. La rose doit rester sur son rosier, regarde, elle n'a même pas eu le temps d'éclore…

L'Amant insiste lorsque soudain, une créature repoussante se jette sur lui, *les yex ot rouges comme feus, le nés froncié, le vis hideus.* C'est Danger, le gardien des rosiers, qui se tenait tapi dans l'ombre, camouflé par des branchages. Et il n'est pas seul ! Avec lui sortent Honte, Peur et Malebouche, aux regards menaçants.

– Ah, tu voulais la rose, hein ! vocifère Danger. Bel Accueil a été trop bon, mais tu n'es qu'un félon. Va-t-en d'ici, et qu'on ne t'y revoie plus !

Effrayé, le pauvre Amant s'enfuit à travers les ronces qui lui écorchent le visage. Désolation !

Il m'a fallu trois lectures pour saisir la puissance du *Roman de la Rose*. Même traduite en français moderne, l'histoire me semblait irrémédiablement distante. Quel intérêt pouvait-il bien y avoir à séduire un bouton de rose condamné à rester muet ? Le Moyen Âge ne s'embarrasse pas de psychologie, me disais-je.

C'est Amandine, une amie médiéviste, qui m'a mis sur la piste.

– Tu as compris que tout ça n'est qu'allégorie, n'est-ce pas ?

J'ai relu le texte et soudain, tout a pris sens. Bel Accueil, c'est le visage social de la jeune femme qui s'ouvre aux autres. Danger, c'est son instinct qui la prévient. Honte et Peur, on voit bien. Quant à Malebouche, c'est la mauvaise langue – la crainte du qu'en-dira-t-on, dans ce Moyen Âge où rien ne compte tant que la réputation. Non, le bouton de rose n'est pas muet – au contraire ! L'auteur évoque toutes les voix qui se mêlent dans son esprit au moment de la rencontre, Mental FM en direct d'un cerveau aux ondes brouillées par le désir, *Vice-Versa* huit siècles avant Pixar. Qui a dit que le Moyen Âge ne s'embarrassait pas de psychologie ?

Alors j'ai compris qu'à huit cents ans de distance, le *Roman de la Rose* est la matrice de toutes nos comédies romantiques. Un garçon rencontre une fille : coup de foudre ! Il parvient à nouer le contact, à l'intriguer, voire à lui plaire. Mais il se déclare trop vite, l'héroïne prend peur et l'éconduit sèchement. Voilà notre héros désespéré, se demandant comment il va bien pouvoir revoir la femme de ses rêves. Heureusement, il avait réussi à obtenir son 06, mais il n'ose pas lui écrire…

Dans une fiction contemporaine, c'est le moment où le héros larmoyant irait se confier à son meilleur ami – le balourd fidèle, toujours là pour dispenser des conseils à la noix. Et dans le *Roman de la Rose*, que se passe-t-il ? Surgi de nulle part, un nouveau personnage nommé Ami apparaît aux côtés du narrateur. « Je connais bien ce Danger, assure-t-il. Il a l'air méchant comme ça mais tu verras, quand on sait l'amadouer, il se laisse attendrir. Promets-lui que tu ne feras jamais rien qui lui déplaise, et ça va marcher ». Conseil d'Ami !

Ragaillardi, l'Amant s'en retourne vers les rosiers. Il y trouve Danger, les bras croisés, l'air menaçant.

– Sire, dit-il, je vous demande grâce. Je suis désolé d'avoir pu commettre un acte qui vous ait fâché. Mais c'est Amour qui en est la cause, c'est lui qui est à blâmer !

L'heure des déclarations déchirantes est venue, les deux mains jointes sur la poitrine :

– Je vous en supplie, regardez-moi, là, tremblant devant vous. Ai-je l'air si dangereux ? Je vous promets de ne rien faire qui justifie votre courroux. Acceptez que j'aime, c'est tout ce que je demande. Je n'exigerai rien en retour, je le jure !

D'abord inflexible, Danger finit par accepter de pardonner l'Amant pour son inconduite. Il prévient toutefois, en fronçant les sourcils – qu'il a en bataille :

– Sois amoureux tant que tu veux, mais tiens-toi loin de mes roses.

L'Amant n'insiste pas. Suivant les consignes d'Ami, il revient de-ci, de-là discuter avec Danger, toujours poli, jamais pressant. Franchise et Pitié montrent le bout de leur nez, elles semblent lui trouver des qualités.

Danger garde les bras croisés, mais on sent qu'il pourrait vaciller…

Notre héros contemporain (appelons-le Théo) a écouté lui aussi les conseils de son meilleur ami. Il a fini par envoyer à la jeune femme (appelons-la Rose) un SMS tout en excuses. Elle lui a répondu, froidement, mais elle a répondu. Des phrases lui brûlent les doigts quand il écrit, *Laisse-moi t'aimer* et autres refrains, mais il parvient à rester sobre. Un brin de second degré, peut-être, quelques promesses, *non, je le jure, je n'attends rien en retour*, et Rose finit par accepter de le revoir.

Pendant quelques semaines, ou quelques pages, l'Amant et Théo vont donner le meilleur d'eux-mêmes. Libéré de la pression de conclure, Théo se montre léger, drôle, spirituel à l'occasion, parfaitement « aimable ». Dans le verger, l'Amant a su mettre Franchise dans sa poche, et celle-ci se fait son avocate auprès de Danger : « C'est avoir un cœur de pierre que de ne pas s'adoucir quand quelqu'un vous supplie », dit-elle. « La pénitence de ce pauvre jeune homme n'a-t-elle pas assez duré ? Et puis, il a promis qu'il se tiendrait bien ! Ne soyez pas ignoble, et laissez-le passer. »

Enfin, Danger baisse la garde. Franchise aussitôt court chercher Bel Accueil. On entrevoit le happy end ! Tous ensemble, ils marchent d'un pas alerte vers le rosier. La rose est encore là ; elle s'est à peine entrouverte. Tout se passe divinement, mais chaque marque d'affection de Bel Accueil rend plus piquante la flèche qu'il a dans le cœur. Après quelques échanges, il retente sa chance. Avec prudence, cette fois :

– Oh, Bel Accueil, soupire-t-il. Cette rose sent si bon, et mon désir est si grand que je vous conjure de m'accorder la faveur d'un baiser. Si vous y consentez, bien sûr, car je ne ferai rien sans votre accord. Je vous en supplie : juste un baiser !

– Ah, si vous saviez comme j'en brûle d'envie aussi ! Je vous l'accorderais bien, mais je crains d'attiser le courroux de Chasteté. Elle m'a défendu d'accorder un baiser à quelque amant qui m'en ferait la demande, car elle connaît les hommes. Elle sait bien que, quoi qu'ils disent, ils ne savent jamais en rester là…

L'Amant préfère ne pas insister. *On ne coupe pas le chêne du premier coup*, écrit Guillaume de Lorris. Et comme pour saluer la retenue du jeune Amant, voilà Vénus en personne qui intervient. Dea ex machina ! Avec une élégance spectaculaire, elle descend du ciel en tenant dans sa main un tison enflammé.

– Pourquoi tant d'obstination à refuser ce baiser, Bel Accueil ? Tu vois bien que ce jeune homme aime en toute loyauté. Regarde-le : jeune, gracieux, généreux.

Se penchant à son oreille, elle poursuit, suave :

– Et regarde-moi cette bouche, hmm… Et ces lèvres qui semblent faites pour le plaisir. Et ces dents blanches ! Allez, tu as assez perdu de temps.

Bel Accueil sent sur lui le souffle du tison, et ce qui devait arriver arrive enfin : le baiser est accordé, *dous et savouré, pris de la rose erramment.*

Ah, quel bonheur ! Un parfum nouveau se répand aussitôt dans son corps, jusqu'à son cœur. Chassée, la douleur. Oubliés, les tourments ! Le baiser était sublime, la tirade enflammée : *Onques mes ne fui si aise*, jubile le jeune Amant, *Mout est garis qui tel flore baise*. Des mots qui résonnent aussi dans le cerveau exalté de Théo, à qui Rose vient d'accorder un baiser, là, sur ce trottoir béni, en sortant du café. Ah oui, avec Amour on se sent vivre, et jamais une heure ne ressemble à la précédente !

L'Amant et Théo ne croient pas si bien dire. Car leur bonheur sera de courte durée.

À peine le temps de se remettre de l'émotion de ce premier baiser qu'un cri retentit dans la roseraie. C'est Malebouche, la mauvaise langue, qui s'était cachée et qui n'a rien manqué de la scène. Elle se précipite sur les deux amants en médisant si fort qu'elle en réveille Jalousie, qui s'était endormie. Entendant les cris, celle-ci se lève d'un bond – c'est la dernière défense du surmoi social qui se hérisse ici, l'ultime obstacle à l'amour dans le monde médiéval.

– Honte, Chasteté, par ici, avec moi ! hurle-t-elle. Et toi, l'Amant, ne bouge pas. Ah, j'avais des soupçons, et j'avais raison… Qu'on m'amène Bel Accueil sans délai ! Il fait décidément n'importe quoi quand on ne le surveille pas d'assez près.

Théo, lui, ne comprend plus l'attitude de Rose. Il n'a pas lu de romance, il ne sait pas qu'après le premier baiser (ou la première nuit), l'héroïne s'enfuit toujours, par peur de l'amour. Ils s'étaient si bien entendus, pourtant ! Il ne cesse de repenser à ce baiser sur le trottoir – c'est vrai, elle avait eu un mouvement de recul juste avant, mais enfin, elle s'était bien laissé embrasser !

Bien sûr, ce n'était pas un de ces baisers glorieux de cinéma, avec le tonnerre qui gronde au loin et le monde qui s'efface tandis que les deux amants se fondent l'un dans l'autre. Ce n'était pas un moment d'éternité, quelques secondes tout au plus, un peu maladroites, mais si réelles, si intenses. Tout juste a-t-il eu le temps de songer : c'est donc ça, l'amour, puis : ça y est, j'ai enfin conclu, mais jamais il n'aurait pensé que cela puisse être une conclusion. Le baiser a pris fin, il ne sait plus comment. Ensuite tout s'est passé très vite sans lui laisser le temps de comprendre. Un type dans la rue qui les interpelle, Rose qui bredouille quelque chose, qui le remercie pour ce moment et qui s'excuse, « je dois y aller », et qui saute dans le bus qui passe. Rose qui, depuis vingt-quatre heures, ne répond pas à ses messages. Ah non, décidément, se lamente Théo, les filles ne savent pas ce qu'elles veulent ! Peut-être aurait-il pu lui demander ? Il n'y a pas pensé. Et maintenant, ce silence, et la douleur qui revient, plus amère encore que la semaine passée.

Il ne sait pas que huit cents ans avant lui, dans le verger d'un roman, le héros de Guillaume de Lorris est passé par les mêmes affres. Honte a bien tenté de prendre la défense des amants, mais Jalousie a tranché : « La luxure est partout, dit-elle. Même dans les abbayes et dans les cloîtres, Chasteté n'est plus en sécurité. Plus question de laisser les roses à l'air libre, c'est bien trop dangereux ! » Sans attendre, elle commande la construction d'un château fort pour enfermer les roses, et enferme Bel Accueil au sommet du donjon, sous la garde d'une vieille femme.

Cliffhanger !

3

Comment l'Amant va-t-il bien pouvoir se sortir de ce mauvais pas ?

Nous ne le saurons pas.

Guillaume de Lorris est mort avant d'avoir eu le temps d'écrire la fin de son poème. Il faudra attendre quarante ans pour qu'un auteur lui donne une suite, et un écho retentissant.

C'est long, quarante ans, même au Moyen Âge – surtout au Moyen Âge, où l'espérance de vie n'atteint pas la cinquantaine. Guillaume de Lorris a écrit le *Roman de la Rose* aux alentours de 1230. Si l'on compte quarante années après cette date, c'est tout le règne de Louis IX qu'il nous faut enjamber. C'est la fin sanglante des cathares et le début de l'Inquisition. C'est la guerre en Bretagne et dans le Poitou. C'est la grande paix avec l'Angleterre, puis dans tout le royaume. C'est l'administration royale qui se met en place, la justice qui s'organise, l'écu qui sonne dans les poches. Ce sont les ordres mendiants qui se créent, se déploient et se faufilent jusqu'au sommet de l'État, ce sont ces places de villes et de villages que jongleurs et dresseurs d'animaux doivent désormais partager avec des prédicateurs qui promettent l'Apocalypse. C'est la découverte d'Averroès et d'Avicenne, l'Université qui se déchire autour d'Aristote, Thomas d'Aquin qui tente de concilier raison et foi. C'est l'introduction du zéro dans les mathématiques. C'est un bazar immense, c'est l'ordre qui règne et c'est tout à la fois. C'est une croisade désastreuse en Terre sainte pendant que Blanche de Castille gère le pays. C'est l'architecture gothique qui lance ses flèches toujours plus haut dans le ciel, les tours de Notre-Dame qui s'érigent, la Sainte-Chapelle que l'on bâtit et cette couronne d'épines achetée à Constantinople dont on dit qu'elle aurait ceint la tête du Christ. C'est la Horde d'Or mongole qui conquiert l'Europe centrale, menace Louis IX (*Soumets-toi, toi qui voudrais nous baptiser!)* et finalement se tourne vers la Chine, ce sont les chevaliers teutoniques qui convertissent les pays baltes à grand coups de croix sur la tête. C'est un roi de plus en plus pieux qui interdit le blasphème, les jeux d'argent puis les jeux tout court, c'est la fermeture des maisons closes et l'aiguillette à l'habit des prostituées. C'est une longue série d'ordonnances contre les Juifs, et le port de la rouelle. Et c'est, enfin, un roi que l'on dit déjà saint, entouré de moines dominicains et franciscains, abreuvé de prophéties de fin du monde, qui, pour le salut de son âme, à soixante ans passés, promet au pape de repartir en croisade. Hasardeuse, mal préparée, l'expédition verra le roi mourir sous les remparts de Tunis au milieu de troupes décimées par la dysenterie.

Quand l'annonce du décès de Louis IX parvient dans le royaume, en 1270, certains peinent à cacher leur soulagement – exit l'illuminé, on va pouvoir souffler ! Parmi ceux-là, sur la rive gauche de la Seine, se trouve un certain Jean de Meun, né Clopinel. Traducteur du latin, il se pique aussi de poésie : il a traduit en vers les lettres d'Héloïse et Abélard. Avec sa plume alerte et acérée, il officie depuis quelques années comme polémiste officiel de l'université de Paris, pourfendant sans relâche l'hypocrisie des ordres mendiants qui amassent des fortunes en prêchant la pauvreté. C'est lui qui, quarante ans après Guillaume de Lorris, va reprendre le *Roman de la Rose*.

Pourquoi s'est-il lancé dans cette aventure ? Cela reste un mystère. On ne peut exclure que tout soit parti d'une blague. Un pari potache transformé en best-seller.

Le mystère, de toute façon, ne fait-il pas partie de l'œuvre ?

4

Toutes estes, serez ou fustes,
De fait ou de voulenté, pustes !

Jean de Meun, *Roman de la Rose*, c. 1270

Jean de Meun qui reprend le *Roman de la Rose*, c'est un peu comme si un intellectuel médiatique s'attelait aujourd'hui à écrire le *sequel* d'une comédie romantique.

Sur un plan purement dramaturgique, le défi ne présente aucune difficulté. Les codes de la *fin'amor* sont connus de tous les lettrés de l'époque : pour donner une fin à l'histoire, il suffirait de trouver une ruse pour entrer dans le château, amadouer la Vieille qui garde Bel Accueil, et enfin cueillir la rose pour connaître le bonheur suprême, avant que le narrateur ne se réveille.

Mais le polémiste n'a pas l'intention de se contenter d'une fin classique. Le poème de Guillaume de Lorris était long de quatre mille vers ? Jean de Meun en écrira quatre fois plus, en s'offrant de longues digressions entre deux nœuds d'intrigue.

Car intrigue il y a dans ce « nouveau » *Roman de la Rose* ! L'Amant, éploré, reçoit d'abord la visite de la déesse Raison, qui tente de le persuader d'oublier l'amour et ses tourments. Mais quel homme amoureux a jamais écouté la voix de la raison ? La déesse est éconduite et s'en va en soupirant. Elle a l'habitude. Revient alors l'Ami… avec des conseils bien plus radicaux.

– Les femmes sont fourbes, assure-t-il. Sois stratège, déguise tes intentions. Et n'aie pas peur de faire des promesses même si tu ne les tiens pas, elles adorent ça !

Notre timide Théo vient de tomber entre les mains d'un coach en séduction. Pauvre de lui.

– Euh… Tu es sûr ? demande-t-il.

– Mais oui ! Vas-y, je te dis !

Voyant l'Amant prêt à repartir au combat, le dieu Amour revient et prend les choses en mains. Il réunit en armée tous ses barons : Largesse, Courtoisie, Beauté, Courage, Désir, Gaîté, Patience… Ils sont tous là, rejoints par deux nouveaux personnages, nommés Abstinence Contrainte (l'ancêtre des *incels*) et Faux-Semblant, l'hypocrite, dans lequel tous les contemporains de Jean de Meun auront reconnu un prêtre dominicain ou franciscain.

– Que fait-il ici, celui-là ? demande un des barons.

Faux-Semblant ne perd pas un instant pour se défendre.

– Je peux faire croire n'importe quoi à n'importe qui, répond-il. Croyez-moi, si vous voulez cueillir la rose, vous avez intérêt à m'avoir avec vous plutôt que contre vous.

La tirade produit son effet : le voilà propulsé chef de l'armée. Cette fois, le message est clair : jetons les bons sentiments aux oubliettes, il ne sera plus question que de conquête. Seule la victoire est belle.

Au terme de péripéties dignes des Monty Python, une avant-garde pénètre dans le château de Jalousie et parvient à corrompre la Vieille qui garde Bel Accueil, lequel se précipite vers l'Amant en le voyant… Mais alors que ce dernier se voit déjà parvenu à son but, Danger accourt soudain, et sonne l'alarme ! S'ensuit une mêlée générale, à l'issue indécise. Craignant la défaite, le dieu Amour se résout à appeler à la rescousse la déesse Vénus, sa mère. L'heure du combat final a sonné. La rose sera-t-elle cueillie ? Et comment ? Pour le savoir, il va falloir attendre encore un peu…

Ainsi procède Jean de Meun : sitôt le lecteur ferré, il se lance, toujours en vers, dans de grandes considérations philosophiques. À ce stade, il a déjà glosé sur les ravages de la cupidité et la corruption du pouvoir, vitupéré contre médecins et avocats, et fantasmé un état de nature où les femmes étaient honnêtes et où les hommes vivaient libres et égaux, préfigurant ainsi tout à la fois le contrat social de Rousseau, le Candide de Voltaire et les comédies de boulevard.

Avant l'assaut final, l'auteur introduit dans le récit un dernier personnage pour délivrer son grand message.

C'est Nature qui apparaît soudain, et qui se lamente : pourquoi les humains ne l'écoutent-ils donc pas ? « Ah ! se confesse-t-elle au prêtre Genius, j'ai toujours eu un faible pour l'homme, je l'ai laissé asservir les autres animaux, et pour quel résultat ? Il méprise l'amour et ses lois. Regardez-moi ces sodomites, ces masturbateurs, tous ces abstinents – sans parler de ces femmes qui interrompent leur grossesse. Moi qui depuis la nuit des temps lutte contre la mort en perpétuant les espèces, voilà que l'homme se condamne lui-même en cessant de se reproduire ! » En pleurs, Nature prie Genius d'intervenir pour elle dans la grande bataille qui s'annonce.

Genius accepte la mission comme s'il n'attendait que cela. Descendant sur Terre en habit d'évêque, il convoque tous les barons d'Amour, et leur délivre sa « définitive sentence » :

– Que soient excommuniés et condamnés sans délai tous ceux qui se livrent à de honteux actes contre Nature ! Disons les choses comme elles sont : la force de l'homme est dans ses couilles. La virilité ! Sans elles nous sommes couards, vicieux comme des femmes. Alors dites-moi : à quoi peuvent donc bien servir ces divines couilles si on les emploie à autre chose que ce qu'a prévu le Créateur ? Châtrons les sodomites, honte aux masturbateurs, sus à la chasteté !

– La chasteté des prêtres aussi ? demande un baronnet.

– Ça n'a rien à voir, balaie Genius. Je suis ici au nom de Nature, et voici la proposition que j'ai à vous faire : j'offre le pardon des péchés pour tous ceux qui s'attelleront à perpétuer l'espèce. Labourez, au nom de

Dieu, et restaurez vos lignages ! Aimez, barons, aimez, faites le bien autour de vous et le paradis vous est promis !

Ayant parlé, il disparaît comme par magie tandis que la foule des barons l'acclame à tout rompre – « *Amen ! Amen ! Fiat !* »

Galvanisée, l'armée du dieu d'Amour repart au combat, aidée par les flèches de Vénus qui mettent le feu au château de Jalousie. Pendant ce temps, l'Amant, armé d'un bâton de pèlerin, est parti en quête de la rose à travers les flammes. Quand enfin il découvre le rosier si longtemps tenu en captivité, il trouve le bouton aussi beau qu'au premier vers. De la pointe de son bâton, il en écarte délicatement les pétales (Quelle finesse ! applaudiront encore des critiques au XXe siècle), puis il s'approche avec précaution. Il a solennellement promis à Bel Accueil de ne commettre aucun excès, mais voilà que, n'y tenant plus, arrivé au contact du bouton, il ne peut s'empêcher d'aller le fouiller jusqu'au plus profond. *En fin de compte, quand j'eus secoué le bouton j'y ai répandu un peu de graine.* « Oups », dit-il en se retournant vers Bel Accueil. « Tu abuses », proteste ce dernier, mais il ne semble pas trop fâché. La voie est libre. Cette fois, toutes les conditions sont réunies : l'Amant tend la main, et cueille la fleur du beau rosier feuillu.

Alors il fit jour et je me réveillai.

5

Charlemagne ne savait pas lire. Ou alors, à peine. Quant à écrire, il n'y avait jamais pensé. On raconte qu'il s'y est essayé, vers la fin de sa vie : il cachait des tablettes de cire sous les coussins de son lit pour tenter d'y tracer des lettres. Mais il était trop tard, et les loisirs étaient rares : il n'a jamais maîtrisé l'art de l'écriture.

Je sais, cela étonne. Comment peut-on régner sur un empire aussi vaste sans savoir lire ? La réponse est simple : l'écriture n'est pas naturelle à l'être humain. Pendant longtemps, comme le code informatique aujourd'hui, l'écriture est restée un art de techniciens. Scribes, secrétaires, notaires : le prince dictait, le spécialiste transcrivait, puis la parole était consignée, et envoyée à son destinataire. Certes, il fallait faire confiance au scribe. Mais s'entourer des bonnes personnes, ça, c'est une vraie qualité d'empereur.

Reste que César et les empereurs romains, même s'ils dictaient leurs textes comme Cicéron, étaient lettrés, alors que Clovis ou Charlemagne ne l'étaient pas. Que s'est-il donc passé ? Les « invasions barbares » auraient-elles éteint la civilisation jusqu'à faire disparaître l'écriture ? Non. La véritable rupture, à la chute de Rome, a été l'arrêt des grandes routes commerciales et la disparition progressive du papyrus que l'on faisait venir d'Égypte. Il a fallu changer de support et passer au parchemin, à base de peau de mouton. Plus solide, le parchemin possède une autre grande qualité : il se plie aisément. On peut en faire des cahiers, puis les relier. Ce codex, ancêtre du livre que nous connaissons, est une invention du IIIe siècle : c'est lui qui permettra la large diffusion de la Bible dans le monde chrétien. Exit les vieux rouleaux, désormais on peut facilement retrouver des passages, et ouvrir le livre directement à la page 111 si on veut. Innovation ! Mais la production du parchemin est très coûteuse : il faut tendre la peau, la traiter à la chaux, laver, racler, gratter, poncer : des mois de travail, et deux cents moutons pour une seule Bible. Inconvénient supplémentaire : l'écriture est lente. La plume accroche sur les fibres alors qu'elle glissait sur le papyrus. Lettre par lettre, un copiste ne peut produire plus de trois pages par jour.

L'écriture étant devenu un luxe, le taux d'alphabétisation chute dans toute l'Europe, et les livres se confinent dans les monastères. Au temps de Charlemagne, la production repart. On se met à écrire en minuscules, pour aller (un peu) plus vite, et des ateliers de copistes se mettent en place avec des clercs spécialisés. On copie les vieux textes sacrés, mais aussi les textes antiques dont il restait encore quelques rouleaux.

Au XIIe siècle, révolution ! Le temps s'accélère, et les livres s'échappent des monastères. Avec l'essor des villes, on se met à rédiger de plus en plus. Les maîtres à l'université mettent leurs cours par écrit, pour se faciliter la vie. On recopie aussi les poésies et les sermons les plus marquants. Écrire, c'est avant tout enregistrer : un simple code pour que ce qui a été dit ici puisse être répété là-bas. Les formats s'harmonisent, les magasins spécialisés se développent, mais la pratique de la lecture, elle, reste surtout orale : on se fait lire les textes (en vers, le plus souvent, pour mieux les retenir), et quand on est seul, on déchiffre en psalmodiant à haute voix.

Le *Roman de la Rose* de Guillaume de Lorris a été écrit avant d'être dit. Mais le mouvement est encore timide, et la diffusion reste confidentielle. Quarante ans plus tard, quand Jean de Meun termine sa version, le contexte n'est plus le même. Le pays est pleinement entré dans la civilisation de l'écrit. Tout s'archive. Les bibliothèques publiques se multiplient. Dans les familles aisées, désormais, il est de bon ton de posséder un ou deux livres ; les riches lettrés commandent des exemplaires illustrés et enluminés par des artistes – *Votre exemplaire personnalisé, livré chez vous en moins de trois mois !* On commence à lire un peu pour soi, aussi, parfois même en silence (nouveauté !), et les techniques évoluent pour répondre aux nouveaux usages – c'est ainsi, par exemple, que l'on se met à séparer les mots sur la page. Innovation, toujours !

Reste cette grande question : quel livre posséder ?

Le *Roman de la Rose* ne va pas tarder à rafler la mise. Grâce aux digressions de Jean de Meun, le livre s'impose comme un tout-en-un de la culture médiévale. En un seul ouvrage, et dans la langue du roi, on trouve à la fois un roman courtois, une collection de mythes et légendes de l'Antiquité, des réflexions sur l'amour, l'art et la société, des conseils de séduction pour hommes et pour femmes, et des développements plus ou moins scientifiques sur l'histoire, la botanique, le cosmos, les miroirs… Une véritable encyclopédie en vers joyeux et caustiques, dans un style qu'on qualifie unanimement de « subtil », non sans une bonne dose de grivoiserie : on est en France, on apprécie.

Pendant près d'un siècle le livre sera copié, recopié, imité. Aujourd'hui encore, on en recense plus de trois cent cinquante exemplaires, soit dix fois plus que n'importe quel autre texte de la même période. Un best-seller absolu.

D'exemplaire en exemplaire, des images s'imposent et deviennent iconiques : Oiseuse et son miroir, le jardin et ses murailles, la danse des plaisirs, la fontaine de Narcisse, Amour et son arc, le rosier bien sûr, les surgissements de Danger, Bel Accueil emprisonné, Vénus et son tison, la forge de Dame Nature et le sermon de Genius, l'attaque du château, l'Amant déguisé en pèlerin et la cueillette de la rose… Beaucoup de ces images proviennent de la partie de Guillaume de Lorris. Mais les extraits qui circulent, eux, viennent de Jean de Meun. Pas besoin d'avoir lu le livre pour connaître l'histoire de la Vieille ruminant ses amours passées (ah, si elle n'avait pas tout quitté pour un mauvais garçon dédaigneux, elle serait riche !), les sermons contre le carcan du mariage (vive l'amour libre !), les lamentations de Nature et la conclusion *si soubtilement hardie*, à la fois religieuse et profane. Sans oublier, bien sûr, le chapitre le plus célèbre : la longue complainte du mari jaloux, qui blâme sa femme pour tous ses malheurs, vitupère contre sa belle-mère et finit par maudire le genre féminin tout entier :

Toutes estes, serez ou fustes / De fait ou de voulenté, pustes.

Dès le XIVe siècle, ces deux vers sont célèbres, au point qu'il suffit de citer le premier pour être compris sans se montrer vulgaire. L'expression « toutes des putes » vient de faire son apparition dans la littérature française.

Jean de Meun meurt en 1305. Il laisse un testament dans lequel il renie des œuvres de jeunesse *écrites par vanité,* sans préciser si *la Rose* en fait ou non partie. Peu importe : il est déjà devenu un mythe. On lui prête des aventures qu'il n'a probablement pas vécues, on lui attribue des textes religieux qu'il n'a pas écrits. Il devient « Maistre Jehan de Meung ».

On retrouve le *Roman de la Rose* dans des palais princiers, des monastères, et chez de riches bourgeois de France et d'ailleurs. En 1338, alors que la bibliothèque du collège de Sorbonne compte déjà plus de mille ouvrages, il est un des trois seuls textes en français, enchaîné au premier étage comme tous les « usuels » qu'on ne peut emprunter. La Grande Peste freine la circulation du roman sans toutefois la stopper – on trouve à Besançon un chanoine qui met son exemplaire en vente pour subvenir aux besoins de son église, et en Bourgogne un noble qui commande, pour quinze florins, *un Romant de la Rose enluminé d'or et bien escript.*

Sous le règne de Charles V, après 1360, la production de livres reprend de plus belle, et Jean de Meun rentre dans le rang. À la fin du siècle, pourtant, il réapparaît. On le trouve cité à deux reprises dans le *Mesnagier de Paris*, guide à succès de la vie conjugale. Évrart de Conty, ancien collègue de Tommaso de Pizan auprès du roi, calque son *Livre des échecs amoureux* sur le jardin de la rose. Et en 1398, le provençal Honorat Bovet publie une *Apparicion Jehan de Meun*, appelant le maître à la rescousse en cette époque maudite où l'Église se fissure et où les mœurs se puérilisent. Aucun rapport avec le *Roman de la Rose*, mais qui s'en soucie ? Moins d'un siècle après sa mort, le polémiste facétieux est devenu une autorité qu'on invoque comme un talisman face à la noirceur des temps, un symbole de liberté de penser – le maître dont la seule évocation du nom saurait faire jaillir des vérités que l'on préfère cacher, un génie venu du passé pour nous sauver.

Voilà donc le livre auquel Christine s'attaque en 1399. Bien plus qu'un roman : un monument.

6

Où Christine de Pizan a-t-elle lu le *Roman de la Rose* ? On ne sait pas. À la bibliothèque royale, peut-être. Quoi qu'il en soit, elle ne manquait pas autour d'elle de personnages qui en possédaient un exemplaire qu'elle aurait pu emprunter – à commencer par Mézières, qui habite à deux pas.

Pour ma part, j'ai très envie de l'imaginer lisant le livre au calme, dans la solitude de sa tourelle. J'en ai d'autant plus envie que cette semaine, j'ai élu résidence à l'hôtel de Sens, transformé en bibliothèque publique, et dont l'entrée est située juste en face de ce qui jadis fut l'hôtel Barbeau, où vivait la famille de Pizan.

J'ai longé la Seine pour venir, sur des quais qui n'existaient pas du temps de Christine. Tout autour, les rues portent des noms où se réfugient les derniers fantômes de la ville médiévale : la fontaine aux lions du palais de Charles V, un fauconnier disparu, un figuier qui servait de repère aux visiteurs, le couvent des Célestins et celui de l'Ave-Maria. La rue du Petit-Musc, un peu plus loin, a été renommée pudiquement : à l'époque de Jean et de Christine, on l'appelait « pute-y-muse ». J'aimerais écrire que les murs me parlent, mais ce serait mentir. Les murs n'ont rien à me dire : de tous les bâtiments de cette époque, plus un seul n'est debout. L'hôtel de Sens lui-même, un des plus vieux et des plus beaux de Paris, a été entièrement rebâti un siècle après Christine. De l'hôtel Barbeau, il ne reste rien : deux immeubles modernes, plantés sur un îlot identique à celui que je vois chaque jour sur ce plan du XVe siècle que j'ai accroché chez moi.

La bibliothèque vient d'ouvrir, je me suis installé dans la mezzanine déserte. Aujourd'hui, j'ai glissé dans mon sac une traduction moderne du *Roman de la Rose* où figure aussi le texte original, et je me suis donné une mission impossible : lire le livre avec les yeux de Christine.

Je passe sur la partie de Guillaume de Lorris : Christine a laissé trop peu d'indices. Probablement l'envisage-t-elle avec son regard de poétesse : elle note les rimes, les références, la façon d'introduire les personnages. La langue lui semble déjà un peu datée : plus de cent cinquante ans se sont écoulés, on n'écrit déjà plus comme ça au nord de la Loire. Cela ne l'aura pas empêchée de saluer le discours du dieu Amour : « Sers et honore toutes les femmes ! Et si tu entends un médisant en train de les dénigrer, blâme-le et dis-lui de se taire. » Voilà bien l'esprit courtois qu'elle a trouvé chez ses amis les Élégants, si loin des mufles et des opportunistes qui lui font un enfer depuis la mort d'Étienne ! Elle note aussi, sur la même page, ces paroles qui seront piétinées dans la suite du poème : « Prends garde à ne pas prononcer des mots sales et des vulgarités. » Des mots sales, il ne doit pas en manquer sur les champs de bataille, mais au moins les chevaliers, une fois le pied à terre, prennent-ils garde à leur vocabulaire. La courtoisie est une hypocrisie ? Eh bien, l'hypocrisie a parfois du bon, songe Christine : elle met du liant, elle permet la suite du dialogue. Pour le reste, que chacun soit jugé sur ses actes.

Le copiste n'a marqué aucune césure entre les deux textes qui composent le *Roman de la Rose*, mais Christine aura repéré sans peine le moment où Jean de Meun prend la main dans le poème. Parce que la chose est connue à l'époque. Mais surtout parce que d'emblée, sous les rimes qui semblent se fondre avec celles de Lorris, le ton change.

C'est l'Amant qui se lamente sur l'air connu de « ce n'est pas ma faute », et qui accuse Bel Accueil de l'avoir bercé d'espoirs. C'est Raison, la propre fille du dieu, qui fustige la vénalité des femmes et affirme qu'au jeu de l'amour, mieux vaut tromper qu'être trompé. Raison encore qui, devant l'Amant ébahi, se plaît à répéter le mot *couilles* avec l'assurance bravache de ceux qui n'ont pas peur *de dire les choses telles qu'elles sont.* Et ce n'est que le début ! Car voici Ami qui revient avec ses conseils. Il ne faut pas hésiter à jouer la comédie avec les femmes, explique-t-il, puisqu'elles-mêmes ne savent que mentir.

Et surtout, il faut savoir passer à l'action – Vas-y franco, mon gars, sinon elle se lassera et ira en voir un autre.

Lorsque ce sera le moment, cueillez alors la rose, de force, et montrez que vous êtes un homme.

Christine soupire : elle a déjà lu tout cela dans *L'Art d'aimer* d'Ovide. Moi aussi, je connais ce discours, je l'ai entendu tant de fois depuis mon adolescence. « Sois un homme, un vrai ! Reste pas dans la friendzone, passe à l'attaque ! Respecte les étapes, cache ton jeu et hop, au bon moment, vas-y. Sois un dur, elles adorent ça ! » Combien sommes-nous de garçons à avoir nourri des années de complexes, pauvres mâles bêta à qui le monde et les caïds de la cour d'école ne proposaient aucune alternative entre le rôle de conquérant et celui de puceau confident, inhibés par des injonctions à « être un homme » sans le moindre mode d'emploi. « Sois un dur, elles adorent ça » : je l'ai entendu encore récemment dans une vidéo d'Andrew Tate, un ancien champion de kick-boxing reconverti dans la promotion du mâle alpha et des cryptomonnaies. Tate, c'est l'Ami influenceur du roman de Jean de Meun, assertif en diable, écrasant d'un mépris contagieux les hommes sans fortune ni testostérone, assénant ses arguments à coup de « c'est comme ça depuis que le monde est monde » ou « Dieu l'a voulu ainsi » – car Tate le répète volontiers : il est croyant, *a man of God.* Un loup solitaire ténébreux qui ne saurait s'encombrer de la présence d'une femme à ses côtés – ces créatures infantiles qui ne savent jamais ce qu'elles veulent. D'une femme, non. Mais de plusieurs, pourquoi pas. Un homme est fait pour la conquête, et les siennes sont nombreuses.

À ce stade de la lecture, Christine ne soupire plus. Elle est en colère. Comment ce livre peut-il être considéré comme un bréviaire par tant de lecteurs ? Sa colère, je le sais, ne fera que grandir en lisant les lamentations du mari jaloux et celles de la Vieille, l'ancienne courtisane indigne et vénale. Alors Christine saute des pages, balaie les digressions, et file vers la fin du livre où l'attend le célèbre sermon de Genius avant l'assaut final. Et je la vois d'ici lever les yeux au ciel en lisant ces pages interminables sur les vices de l'homme en général et ceux des femmes en particulier, elles qui ne savent pas garder un secret et causent tant de torts à leur pauvre mari. « Fuyez les femmes ! Fuyez le serpent venimeux ! » glapit le prêtre qui pourtant appelle à les séduire. Sottises, sottises, songe-t-elle… Je l'imagine qui bout quand arrive la « définitive sentence » de Genius : « Baisez ! Faites honneur à Dame Nature et restaurez vos lignages ! »

Andrew Tate lui aussi attache une grande importance à son lignage – sa *bloodline*, dit-il, et on sent ici le goût du sang. Il n'a pas plus d'enfants que le prêtre Genius, mais il assure qu'il sera un père parfait pour ses fils (que la nature puisse lui donner une fille, il ne semble pas l'envisager). Mais ce n'est déjà plus à lui que je pense en poursuivant ma lecture. C'est à Elon Musk, l'homme qui hurle aux oreilles des puissants, parti en croisade pour le réarmement démographique de l'humanité. Haro sur le péril woke qui fait chuter les taux de natalité ! « La véritable bataille se joue entre les extinctionnistes et les humanistes», aurait-il déclaré le mois dernier. Les humanistes? Tiens tiens.

Christine tourne les pages, de plus en plus vite, pour arriver à la conclusion du roman où l'Amant, déguisé en pèlerin, vient cueillir la rose en y déversant (oups) quelques graines. Son soupir traverse la rue et les siècles: comment a-t-on pu pendant des dizaines d'années faire croire à une métaphore de l'amour divin? Indécence! C'est la troisième fois du livre que l'Amant outrepasse le consentement de Bel Accueil. Christine pense à toutes ces femmes qu'elle a connues, à qui on avait promis «juste un baiser» et qui se sont retrouvées enceintes et abandonnées. Elle pense aux bergères des contes à qui un prince vient conter fleurette avant de les déshonorer, elle pense à ces chevaliers si peu chevaleresques, à ces clercs qui engrossent des pauvrettes avant de disparaître. Ce n'est plus de la colère qu'elle ressent, c'est de la rage, mais désormais elle sait transformer en mots ses émotions. Elle referme le livre d'un coup. Une idée lui est venue. Pourquoi ne pourrait-elle pas, elle aussi, donner la parole au dieu d'Amour? Elle s'imagine à la place de Cupidon, recevant les plaintes de femmes venues de toute la France, toutes les *gentilz femmes, bourgeoises et pucelles* à qui les livres ne donnent jamais la parole.

Elle demande qu'on ne vienne pas la déranger: ce soir, elle risque de veiller tard. Elle affûte sa plume, la plonge dans l'encre noire, et trace les premiers vers: *Cupido, roy par la grace de lui / Dieu des amants, sanz aide de nullui…*

La suite coule aisément. Dix ans qu'elle ressasse, cette fois c'en est trop. Fausses promesses, trahisons, ruses grossières, déloyauté : elle couche par écrit tous les griefs que les femmes adressent à Cupidon, et prononce au nom du dieu de l'Amour la condamnation de tous les trompeurs, violeurs et calomniateurs, des petits fourbes et des grandes gueules de taverne qui se vantent de conquêtes plus ou moins réelles, tous ces lâches qui dénigrent le sexe féminin en oubliant que ces femmes sont aussi leurs mères, leurs sœurs, leurs compagnes. Elle sauve bien quelques chevaliers vraiment servants, *#notallmen*, mais c'est pour mieux attaquer ces maîtres de l'Université qui diffament plus qu'à leur tour avant de transmettre à leurs élèves leur mépris des femmes. Oui, Cupidon condamne !

C'est au cœur du poème que viennent les rimes auxquelles elle songe depuis le départ. Après avoir fait le procès d'Ovide et de son *Art d'aimer*, elle attaque : *Et Jehan de Meun, ou le Romant de la Rose / Quel long procès ! Quel difficile chose !* Et toute cette science étalée là, toutes ces aventures, tout ça pour quoi ? *Pour décepvoir sanz plus une pucelle*. Ah oui vraiment, qu'ils sont preux, ces barons qui rassemblent toute une armée pour venir à bout d'une si faible adversaire. Bravo, messieurs !

Mais Christine préfère ne pas s'attarder. La suite du poème sera un plaidoyer pour la cause féminine, défendant les qualités des femmes sans les réduire à la douceur ou la prudence. Honte à ceux qui disent du mal des femmes, prévient Cupidon, gare aussi à ces défenseurs un peu trop zélés pour être honnêtes – à croire qu'ils existent déjà au XIVe siècle, ces poseurs qui jurent : « J'aime les femmes ! » la main sur le cœur, mais qui aiment surtout en consommer la chair, bien fraîche si possible, et muette encore mieux.

Après huit cents vers, Christine a vidé son sac. Il est temps pour Cupidon de proclamer sa sentence : que tous les menteurs et les diffamateurs soient bannis à jamais de la cour du dieu d'Amour ! Elle date son poème du 1er mai, ce jour traditionnel où partout en Europe on célèbre l'amour et les amants. Elle en offre le premier exemplaire à la reine Isabeau, puis fait circuler le texte auprès de son lectorat habituel. Elle n'oublie pas non plus de l'envoyer outre-Manche, au comte de Salisbury. Elle assure la plupart des copies elle-même, et en signe certaines d'une anagramme de son prénom : *Creintis*. Il n'est pas facile de se faire un nom, en 1399, encore moins quand on est une femme.

Comment cette *Épistre au dieu d'Amours* est-elle reçue, à Paris et ailleurs ? Chercher à y répondre ne serait que spéculer. Depuis ma chaise de l'hôtel de Sens, idées en tête et crayon en main, je peux imaginer tous les espoirs que Christine a mis dans son poème. Las ! Au moment où elle l'écrit, des pluies diluviennes balaient le pays. Les rivières du royaume débordent. Bientôt, la Seine elle-même viendra lécher les fondations de la tour Barbeau. Les anciens disent qu'ils ont déjà vu pareille crue, et que la mort va de nouveau frapper la ville.

Au mois de novembre 1399, une comète traverse le ciel de France. Son éclat est puissant, et se laisse voir pendant huit nuits consécutives. « Elle tourne le dos à l'Occident, c'est un mauvais présage », dit-on. Mais où pourrait-on bien voir des sources d'espoir, quand partout en Europe reprennent les guerres et que sur les trônes siègent fous et mégalomanes ? L'empereur de Constantinople appelle à l'aide mais l'aide ne vient pas, les deux papes n'en font qu'à leur tête. Et en Angleterre, le duc de Lancastre vient d'usurper le pouvoir pendant que Richard II était parti guerroyer en Irlande. Il a fait arrêter le roi, il ne tardera pas à le faire assassiner : la dynastie des Lancastre est désormais sur le trône. Son emblème ? Une rose.

Christine, elle, n'écoute pas les présages. Son père aurait su lui dire ce qu'annonçait la comète. Il lui aurait surtout conseillé de persévérer dans sa quête. Alors, elle s'est remise à sa table de travail. Les dés sont jetés, son sort d'écrivaine n'est plus seulement entre ses mains, et Christine n'est pas du genre à attendre. Il y a tant d'injustices en ce monde, et tant de livres à écrire.

III

LA QUERELLE

Mon chier seigneur, soiez de ma partie
Assaille m'ont à grant guerre desclose
Lez aliez du Romans de la Rose
Pour ce qu'a eulx je ne suis convertie.

Bataille m'ont si cruelle bastie
Que bien cuident m'avoir ja presqu' enclose,[1]
Mon chier seigneur, soiez de ma partie.

Pour leur assaulz ne seray alentie
De mon propos, mais c'est commune chose
Que l'en cuert sus a qui droit deffendre ose
Mais se je suis de sens pou avertie,
Mon chier seigneur, soiez de ma partie.

Christine de Pizan, janvier 1403
(Rondeau dédié à Charles d'Albret,
connétable de France)

---

1. *Ils m'ont livré une si féroce bataille / Qu'ils croient déjà m'avoir réduite à peu de chose* (trad. Virginie Greene)

Février 1401

Adossé à l'ancienne enceinte, au nord de la ville, l'hôtel d'Artois est à l'écart du cœur battant de la capitale, mais en ce 14 février, jour de Saint-Valentin, la résidence du duc de Bourgogne est le centre de toutes les attentions. Aujourd'hui, on célèbre l'amour, et on le célèbre en grand !

Le Tout-Paris lettré se presse sur le pavement tout neuf de la rue Montorgueil. Princes, archevêques, ducs, comtes, chevaliers et chambellans : personne ne veut manquer la grande première de la Cour Amoureuse ! Le programme est connu depuis un mois : débats enflammés, chansons et virelais, louanges des femmes et concours de poésie. Et un banquet, bien sûr.

Une manifestation littéraire ? Si l'on veut. Pour Philippe le Hardi, duc de Bourgogne, il s'agit surtout d'un joli coup politique. Dans sa rivalité avec Louis d'Orléans, s'assurer la sympathie du monde de la culture est un investissement. Le Hardi enfourche le tigre, et il fait l'événement.

Bourgogne contre Orléans : les Parisiens se sont habitués au duel entre les deux ducs. D'un côté, Louis d'Orléans, vingt-huit ans, frère cadet de Charles VI, volage ambitieux, raffiné impétueux, joueur et noceur. Proche de la reine (trop proche ?), il a placé des hommes à lui à tous les postes de pouvoir. De l'autre, Philippe de Bourgogne, bientôt soixante ans, le plus puissant des oncles du roi. À la tête d'un vaste et riche duché, il est rarement à Paris, mais les affaires françaises restent sa passion. En lisant les chroniques de l'époque, il me semble l'entendre maugréer : « Je suis décidément le seul homme d'État par ici », en maudissant son neveu Louis, qui a mis la main sur le Trésor royal et le gaspille à son profit.

Les deux ducs s'opposent en tout, et sur tous les sujets. Philippe prône la fermeté avec le pape d'Avignon ? Louis, en douce, se montre conciliant. Avec les Anglais, c'est l'inverse. Louis voudrait reprendre les hostilités, Philippe cherche la paix : les drapiers flamands, qui font la fortune de son duché, ont trop besoin de la laine des moutons anglais.

Les inondations de l'année écoulée ont forcé les deux rivaux à mettre leurs ambitions en sourdine. Il a d'abord fallu sauver ce qu'on pouvait des récoltes. Prières, processions, pèlerinages à genoux : on a tout tenté, le résultat fut mitigé. Car une fois que l'eau a fini par refluer, c'est la peste qui a fait son retour. Ceux qui clamaient que le changement de siècle allait tout remettre à plat font profil bas.

C'est pour contrer cette *contraire et déplaisante pestilence* et retrouver un peu de joie que Philippe de Bourgogne a proposé au roi d'instituer cette Cour Amoureuse. Une distraction, enfin ! Il y a là comme un parfum de déconfinement. Hormis Louis d'Orléans, qui fulmine sans doute de n'y avoir pas pensé plus tôt, tout le monde veut en être. Les hommes, en tout cas. Les femmes, elles, n'ont pas été conviées. L'amour est un sujet bien trop important.

Les derniers équipages arrivent (courbettes, révérences, après vous Monseigneur), les portes de l'hôtel vont bientôt fermer. Parmi les invités, surprise ! nous retrouvons deux têtes connues : Gontier Col et Jean de Montreuil. Et ils ne sont pas seulement venus pour le buffet : ils ont été nommés ministres de la Cour ! Une sacrée reconnaissance pour le courant humaniste.

C'est Gontier qui aura eu l'idée : des deux compères, c'est lui qui sait sentir les bons coups. Intégrer la Cour Amoureuse, c'est l'occasion idéale d'élargir leur réseau du côté bourguignon. Jean de Montreuil, lui, déteste probablement ces mondanités, mais il est venu quand même. Il rentre d'une éprouvante ambassade en Allemagne, décimée en chemin par la peste. Lui-même a contracté la maladie. Il en a réchappé, mais il est resté longtemps affaibli. Aujourd'hui, il a bien besoin de se changer les idées. Il ne lui déplairait pas non plus de changer de dimension. Voilà quelques années qu'il végète à la Chancellerie. Il anime toujours le groupe des humanistes, relance de temps à autre une querelle érudite – la routine. À l'approche de la cinquantaine, il a envie d'autre chose. Mais quoi ? Faire carrière dans la diplomatie et les affaires, comme Gontier ? Ce n'est pas pour lui. S'isoler comme Clamanges pour méditer et écrire ? Il en rêve, mais n'en a jamais le temps. Ah, pour aider ses amis, il est toujours présent – c'est bien lui qui a trouvé un poste pour le jeune frère de Clamanges, le mois dernier. Mais lui, alors ? Pour l'heure, on dira qu'il se cherche. « À l'écoute de nouveaux projets », dirait-on aujourd'hui. Alors, la Cour Amoureuse, pourquoi pas.

Que connaissent-ils à l'amour, nos humanistes ? Gontier pourrait dire qu'il a connu bien des dames, et de très près. Jean peut en témoigner : il travaillait chez lui, l'an dernier, quand un homme a frappé à sa porte. Il venait de Boulogne-sur-Mer et cherchait Maître Gontier Col « pour une histoire d'adultère ». Jean l'a éconduit poliment, et n'a pu s'empêcher de sourire. Boulogne : c'est là que se trouvait Gontier, occupé à d'âpres négociations avec les Anglais après la destitution de Richard II. Et lui qui prétendait lire Virgile dans ses moments de loisir !

On ignore comment s'est terminé ce vaudeville. Mais j'en sais assez pour penser que Jean de Montreuil ne fut pas étonné de cette visite. Quelques mois plus tôt, alors que Gontier se plaignait de ne pas trouver le temps d'écrire, Jean lui avait envoyé une longue lettre dans laquelle il s'amusait, en latin bien sûr, à prendre la voix de sa femme : *Alors comme ça tu manques de temps,*

Gontier ? Mais que dire de moi, Marguerite, qui dois m'occuper de toute la maison, et de nos enfants, pendant que tu t'amuses avec tes faucons ou que tu t'en vas t'ébattre dans les tavernes et autres lieux mal famés dont je préfère taire le nom ? Et je ne parle pas de cet argent que tu dilapides aux dés ou aux échecs, au lieu de t'occuper de nos vignes, qui ne donnent rien ! Ah, il s'était fait plaisir, en écrivant cette lettre. *Oh, je puis me dire malheureuse !* concluait-il au nom de Marguerite Col. *Nous, femmes innocentes, seront toujours maudites par ces hommes qui se croient tout permis et au-dessus des lois, tandis que rien ne nous est dû. Ils sont entraînés par une dépravation vagabonde, et si nous détournons tant soit peu le regard, on nous accuse d'adultère. Ce sont des maîtres et non des maris. Et nous, non des épouses, mais des captives.*

La lettre ne manquait pas de second degré ; elle n'en avait pas moins déclenché une brouille entre les deux amis – preuve qu'il avait touché juste. Alors oui, si on le lui demandait, Jean de Montreuil se dirait volontiers « défenseur de ces dames ». N'a-t-il pas écrit naguère à son ami Jacopo que les hommes italiens traitaient si mal leurs femmes qu'elles finiraient un jour par se venger ?

La cérémonie a commencé. Les premiers plats ont été servis, viandes en sauce et gras divers sur des tréteaux somptueusement dressés. Jean de Montreuil est assis en bout de table. Face à lui, deux chevaliers se remémorent leurs défaites les plus glorieuses. À sa droite, Gontier discute avec Guillaume de Tignonville, seigneur et poète dont on dit qu'il pourrait bientôt être nommé prévôt de Paris pour diriger la police de la capitale. Un tel contact vaut bien tous les concours littéraires.

Les premiers discours sont passés, on a écouté quelques premiers poèmes. Jean se dit qu'il ferait aussi bien s'il se donnait la peine d'écrire en français. Et pourquoi pas, d'ailleurs ? Le latin se perd, il le sent bien. Il pousse un soupir.

– Je m'emmerde, glisse-t-il à Gontier quand Tignonville se lève pour saluer une connaissance.

Il l'aura dit en latin, bien sûr, pour ne pas paraître rustre. *Michi cacare faciunt.* Gontier pose une main sur son bras.

– Tu ferais mieux de te détendre, parce que ça va durer longtemps. Allez, le vin de Bourgogne est bon, j'imagine qu'on ne t'a pas servi ça en Allemagne. Et rappelle-toi la devise des Anciens : *Carpe Diem !* Et carpons-le ensemble, il y a trop longtemps que nous ne nous sommes vus, *vita brevis* ici-bas, et je vais bientôt devoir repartir à Boulogne…

– Pour des affaires de cœur, ou des affaires d'État ?

– Moque-toi ! Les Anglais sont terribles, si tu savais. Mais cette fois je crois qu'on tient le bon bout. D'ici quelques mois, la princesse Isabelle sera de retour à Paris.

Jean connaît quelques détails de cette histoire. Le contrat de 1396 stipulait que si le roi mourait sans que le mariage fût consommé, la petite Isabelle serait rendue à la France avec tous les joyaux et les broderies qu'elle avait apportés avec elle. Mais les Anglais ont ergoté. Et plus d'un an après que son mari a été occis, la petite princesse est encore à Londres, prisonnière d'affaires qui la dépassent.

– Il faudra que tu me donnes des instructions au cas où un mari jaloux viendrait toquer à ma porte, dit-il en commençant à se dérider.

– Ne recommence pas avec ça, s'il te plaît.

– Je sais, je sais. Mais que vais-je donc faire seul à Paris quand tu seras parti ?

– Eh bien, puisqu'il est question d'amour et de littérature, tu pourrais enfin lire le *Roman de la Rose* ! Un vrai ministre de la Cour doit connaître son bréviaire…

Jean va répondre qu'il n'est pas déprimé au point de lire des ouvrages en langue vulgaire, mais des applaudissements les interrompent : un acrobate vient d'entrer pour un interlude tandis qu'on distribue aux participants le parchemin sur lequel devront être composés les poèmes du grand concours. Jean se demande une nouvelle fois ce qu'il fait ici, puis il repense à l'Allemagne, à la peste, et il se détend. Il lira le *Roman de la Rose*, oui. Un jour. En attendant, il se promet d'écouter sans se moquer les poèmes des participants. S'il veut changer de dimension, il faut bien qu'il fasse quelques concessions à l'air du temps.

*

D'après la charte de la Cour d'Amour, les poèmes du concours devaient être mis sous scellés et envoyés *aux dames qu'on avisera pour les juger*, charge à elles de désigner *les mieux faisans de ce jour*[1].

Christine aurait-elle pu figurer parmi ces dames à qui l'on demandait surtout de compter les pieds en trop et les rimes malheureuses ? J'en doute. Je pense tout de même qu'il ne lui aurait pas déplu d'être invitée à l'hôtel de Bourgogne en ce mercredi de fête. D'abord, parce qu'il est toujours pénible de se sentir exclue. Ensuite, parce qu'elle aussi aurait bien besoin de se divertir. Elle aurait aimé, surtout, toucher un mot à Gontier Col, cet ambassadeur auprès des Anglais. Car depuis deux ans maintenant, dès qu'elle s'accorde un répit dans l'écriture, ses pensées la portent de l'autre côté de la Manche.

Quand la comète est passée au-dessus de Paris, fin 1399, le seul vœu qu'elle a pu formuler était que le petit Jean se sorte sans dommage de cette révolution de palais à Londres. Hélas ! Le comte de Salisbury, dans sa noblesse, avait juré fidélité au roi Richard. Il avait même fomenté une rébellion, promis de remettre son maître sur le trône. En janvier de l'an 1400, la nouvelle est tombée : Henry de Lancastre a fait assassiner Salisbury à Oxford. Ce furent de longues semaines d'angoisse : elle avait déjà perdu un fils (comment ? ni les registres ni les textes de Christine ne nous l'apprennent), reverrait-elle seulement son aîné ? Quelques semaines plus tard, deux émissaires anglais ont frappé à la porte de l'hôtel Barbeau. Alléluia ! Ils étaient

1. J'écris « devaient », car en vérité nul ne sait si cette Cour d'Amour s'est effectivement tenue. Elle pourrait aussi bien n'avoir eu de réalité que sur le papier – un événement virtuel, en quelque sorte.

porteurs de bonnes nouvelles. Non seulement le petit Jean était en vie, mais Henry de Lancastre, couronné sous le nom de Henry IV, se proposait « joyeusement » de le prendre sous son aile.

– Le roi Henry a trouvé vos livres dans la bibliothèque de Salisbury, a ajouté le messager. Il est impressionné. Accepteriez-vous de le rejoindre à la cour ?

Dilemme ! D'un côté, Christine ne demande rien de mieux que de retrouver son fils – d'autant que le roi promettait aussi *du bien, largement*. Mais elle a tout construit en France, et elle se méfie des usurpateurs de trônes. Que faire ? Elle choisit de gagner du temps. Elle écrit des lettres, louvoie, envoie des livres rédigés de sa main. *C'est un peu de moi qui sera auprès de vous*, ajoute-t-elle. À l'époque où l'écrit a encore quelque chose de magique, la phrase est presque sincère. Et pour tromper l'attente, elle écrit, encore et encore. Elle s'est entourée d'un copiste chevronné, d'un enlumineur et d'une illustratrice, Anastasie, qui travaille rue de l'Arbre-Sec, à quelques pas de chez elle. Son petit business commence à fonctionner. Elle a écrit pour son fils des *Enseignements moraux* sous forme de poèmes, et l'*Épître Othéa*, petit manuel de bonne conduite du chevalier moderne. Et elle n'oublie pas l'amour, son sujet de prédilection. Les personnages de ses derniers poèmes débattent de la douleur et des joies des élans du cœur, et elle trouve des clients parmi les chevaliers qui rêvent encore d'amour courtois.

Sur le fond comme sur la forme, elle pourrait en remontrer à tous les rimailleurs de cette Cour Amoureuse. Qu'irait-elle donc faire dans cette réunion de vieux messieurs qui pratiquent l'entre-soi mieux que le rondeau ou le virelai ? On lui aura sûrement montré la liste des « ministres » présents : elle aura bien compris que l'amour, pour ces gens-là, n'est pas affaire de sentiments mais de pouvoir. Qu'aura-t-elle pensé en y voyant le nom de Jean de Montreuil, l'ancien collègue de son mari ? Elle aura ri, peut-être. Les occasions sont rares.

Mars-avril 1401

On a tous connu ça : ce roman ou ce film dont une connaissance nous parle avec insistance et qu'on renâcle à lire, ou à voir, pour des raisons qu'on ne saurait soi-même expliquer. Et puis un jour, pour faire plaisir à l'autre, on finit par s'y lancer, et bientôt on se demande comment on a pu attendre si longtemps.

Jean de Montreuil n'avait jamais compris l'attirance de son ami Gontier pour Jean de Meun. Lui qui révérait l'éloquence latine, qu'allait-il donc vanter un auteur français du XIIIe siècle qui écrivait en vers ? Le prévôt de Lille n'a rien contre les poètes – quoi qu'en dise ce diable d'Ambrogio, Cicéron lui-même exaltait la poésie. Mais un best-seller ? Une histoire d'amour ? Des trois piliers du groupe, Gontier a toujours eu les goûts les plus éclectiques, mais là, tout de même, ça semblait un peu gros.

Depuis que Gontier a regagné Boulogne, Jean se sent plus seul que jamais. Alors un soir, à la lueur de la bougie, il finit par ouvrir l'exemplaire du *Roman de la Rose* que lui a laissé son ami.

Le poème de Guillaume de Lorris l'émeut à peu près autant qu'une comédie romantique en téléfilm. Ici et là, pourtant, il se laisse agréablement surprendre par quelques clins d'œil classiques – la fontaine de Narcisse, excellente idée ! Mais sitôt Bel Accueil enfermé dans la tour, quand Raison de nouveau apparaît à l'Amant, là, c'est une révélation. D'emblée, il se sent chez lui dans la langue de Jean de Meun. C'est enlevé, c'est drôle, grivois et grave à la fois. Et quelle science, dans tous les domaines ! De l'histoire à l'astrologie, de la théologie à la météorologie, l'auteur semble embrasser tous les savoirs, sans cesser de placer l'homme au centre de tout – et pas l'homme tel qu'on le fantasme dans ces fadaises de chevaliers, non : Jean de Meun cerne l'homme tel qu'il est, avec sa grandeur et toutes ses faiblesses. Un homme qui n'oublie pas Dieu, mais qui conserve son libre arbitre, et sa pleine responsabilité. L'essence de l'humanisme.

Et ces références à l'Antiquité ! Sénèque, Cicéron, Socrate, Boèce, Claudien, Homère, Caton, Platon, Tite-Live, Juvénal, Théophraste, Tibulle, Ovide, Horace, Virgile, Aristote : ils sont tous là, ou presque. Il ne manque que son cher Térence, mais il pardonne volontiers.

J'avais lu le *Roman de la Rose* avec les yeux de Christine. Je le relis maintenant avec ceux de Jean de Montreuil, et tout prend un sens différent. J'avais imaginé Jean à vingt ans en pionnier du rock, persuadé de casser tous les codes dans ce trop vieux monde. Le voilà désormais dans la quarantaine, la tonsure avalée par une calvitie galopante, rocker toujours mais rocker établi. Ce soir, il écoute un vieil enregistrement de blues que son pote Gontier lui a passé et il comprend soudain que toute la musique qu'il aime, elle vient de là, elle vient de loin.

L'éloquence, l'exigence, le retour aux Anciens : tout ce qu'il a défendu depuis vingt ans en latin était déjà là, dans ces mots gravés sur un parchemin il y a plus de cent ans, et en langue vulgaire. Il lui semble que tout le génie français est là, condensé en un seul long poème : cette capacité à embrasser les grands sujets du monde tout en restant léger, cet humour grinçant qui résume tout en une phrase, ce mélange unique de profondeur et de détachement, d'abstraction et de gaudriole. Le voilà, l'esprit gaulois !

Il lit, lentement, il déguste chaque rime, et de digression en digression il se sent en communion avec l'auteur. Comme si Jean de Meun lui parlait à l'oreille, depuis le temps pas si ancien où on écrivait et lisait à haute voix. *Il y a plusieurs sortes d'amour et l'une d'elles s'appelle Amitié*, explique Raison : n'est-ce pas ce que Jean et ses amis professent de lettre en lettre ? Et cette description si lucide de l'âge d'or et de la chute de l'humanité, perdue par la corruption, les rêves de grandeur et les mirages de la richesse : comme il aimerait avoir écrit ces pages ! *On a fait de l'amour une chose vénale*, dit encore Raison. Il le voit bien : la prostitution est partout en ville. Et le personnage d'Ami d'enfoncer le clou : *Aujourd'hui, les femmes ne mettent d'empressement que pour courir aux bourses pleines. Il en était autrement jadis, mais tout va en empirant.* « Dans mes bras, Jean de Meun ! » s'exclame-t-il. Et ces exhortations constantes à se hisser moralement, à lutter contre la paresse, à « être à la hauteur » en tant qu'homme – on dirait du Andrew Tate dans le texte, *you need to get some masculine accountability*, et Jean de Montreuil approuve. Quand arrive le discours de Genius, si drôle et si juste, le prévôt de Lille sait qu'il a trouvé un maître. Il avait déjà Cicéron et Virgile, mais Jean de Meun, c'est autre chose. À peine plus d'un siècle les séparent, il lui semble qu'il pourrait presque le toucher, il se sent connecté à lui. Et voilà qu'il repense à 1367, aux outrances de Pétrarque, à ses premières indignations d'adolescent, au combat de sa vie. « Ne cherchez pas de poètes hors d'Italie » ? Ha ! Il était là, le grand poète français, oui, juste sous leur nez !

Au soir de son sixième jour de lecture, presque fiévreux, Jean de Montreuil referme le livre, épuisé.

Dès le lendemain, il parle du *Roman* à chaque homme qu'il croise. Ses collègues à la Chancellerie l'écoutent poliment, il ne s'en formalise pas. De toute façon, ces ignares ambitieux ne lisent plus. Il n'a pas le temps d'écrire une longue lettre à Gontier, il aurait tant à lui dire, alors il se contente de dépêcher un messager à Boulogne pour dire son enthousiasme – en français et en vers, comme un clin d'œil. Puis il se remet au latin, et au travail. Avec cette lecture, il a pris du retard.

S'il se presse, c'est aussi parce que Nicolas Clamanges a annoncé sa venue à Paris pour la semaine prochaine. Près de trois ans qu'ils ne se sont vus ! Jean a hâte de pouvoir échanger avec lui sur le *Roman de la Rose*, les lettres françaises, cette bonne vieille querelle franco-italienne, et l'avenir de l'humanisme.

Il ne sait pas, alors, que Nicolas et lui ne seront pas seuls quand enfin ils parleront de Jean de Meun. Il y aura une troisième personne avec eux. Et ce sera une femme.

Avril 1401

Nous y voilà enfin. L'heure de la rencontre entre nos deux personnages est venue. Ce n'est probablement pas la première, ni la dernière, mais c'est la seule dont les textes de l'époque ont gardé la trace. Voyager au Moyen Âge s'apparente parfois à ce jeu pour enfants, qui demande de relier les points pour faire apparaître un lion, un château ou un dauphin.

De cette entrevue, que sait-on ? Disons-le tout de suite : rien. Voilà deux ans que je cherche des indices, des pistes, des traces. Et au fond, me dis-je, n'est-ce pas ce flou qui donne son sel à l'aventure ? On sait, de source sûre, que Christine et Jean ont parlé ensemble du *Roman de la Rose*. On présume aussi qu'ils n'étaient pas seuls : il y a un troisième larron dans l'affaire, un « notable clerc » – c'est Christine qui emploie cette expression dans une lettre qu'elle adressera quelques semaines plus tard à Jean de Montreuil.

Et c'est tout.

À partir de ces faits ténus, des médiévistes de France et d'ailleurs se sont lancés dans une véritable enquête, tenant à la fois de la chasse au trésor (ah, la découverte de lettres inédites vieilles de six siècles !), de l'analyse lexicale et de la déduction façon Sherlock Holmes. Qui était donc ce notable clerc, ami de Jean de Montreuil ? Il aura fallu près de cent ans et deux suspects finalement relâchés pour que l'on s'arrête sur un nom : Nicolas Clamanges.

Sur les circonstances de la rencontre non plus, nous n'aurons pas d'informations. Mais l'ignorance nous en apprend peut-être plus que le détail : ce qu'il faut retenir, me disent les spécialistes, c'est que cette rencontre aurait pu avoir lieu n'importe où. Car la ville du Moyen Âge est aussi un espace où tout le monde se connaît, ou presque. Quand un inconnu arrive dans un quartier, on lui demande aussitôt ce qu'il vient faire là. S'il a rendez-vous quelque part, on l'y conduit, ou on lui indique le chemin. Jean de Montreuil ? Facile. Prenez la première à droite, tournez à gauche après la taverne à l'enseigne du cerf, puis ce sera un peu plus loin – vous ne pourrez pas le manquer, il a fait inscrire des lois bizarres sur sa porte. On a déjà râlé quand la prévôté a commencé à graver des noms de rue aux carrefours. Et maintenant, voilà qu'ils veulent mettre des numéros ? Comme si on avait besoin de ça. On sait très bien pourquoi, mon bon Monsieur : c'est pour mieux nous taxer, voilà tout ! Prendre l'argent des honnêtes gens pour financer leurs grandes fêtes et payer les gardes qui nous en barrent l'entrée. Voleurs ! Mais pardon, je m'égare.

Avec près de deux cent mille âmes, Paris est la plus grande ville d'Occident. On y croise princes et valets, artisans et apprentis, maîtres et étudiants, marchandes et marchands, ouvriers et domestiques, prostituées, vicaires, bedeaux et badauds. Mais le Paris des gens de plume ne compte pas plus de quelques centaines de personnes. Je viens de regarder : la superficie de Paris, entre les murs de Charles V, est à peu près celle du campus d'Oxford aujourd'hui – un campus sur lequel je présume que tous les gens qui comptent se connaissent et se croisent. À Paris, en 1401, les lieux pour se retrouver sont nombreux. La rencontre a pu avoir lieu aux abords d'une bibliothèque, en marge d'une procession, dans la librairie de l'alchimiste Nicolas Flamel, sur le parvis d'une église, à la cour de tel prince ou dans le grand salon d'un seigneur lettré comme ce Pierre de Hauteville, dit le Prince d'Amour. Paris est une ville sous couvre-feu la nuit, et l'on dort volontiers les uns chez les autres, souvent dans le même lit. Bref : Paris est tout petit pour ceux qui, comme Christine et Jean, s'apprêtent à en découdre autour d'un grand roman d'amour.

Lequel des deux a lancé la conversation ? On peut imaginer que Jean de Montreuil, ayant eu vent de *l'Épître au dieu d'Amour* et de ses flèches acides contre le *Roman de la Rose*, soit allé trouver Christine pour lui dire sa façon de penser. Je n'y crois guère, surtout si l'ami Clamanges est dans les parages. Je me figure aussi bien Christine tombant sur une discussion entre les deux hommes, précisément au sujet de Jean de Meun, s'y joignant et prenant position, en douceur et droit au but.

– Vous vous rendez compte, Jean, que chaque personnage du livre a sa saillie contre les femmes ?

Jean soupire. Il s'efforce de garder un ton égal.

– Il est bien dommage que vous n'ayez vu que cela…

– Parce que c'est partout ! À ce point-là, pardonnez-moi mais on peut considérer que ça devient le thème central du livre.

– Soyons sérieux ! Votre regard est biaisé. La beauté de ce roman, c'est justement qu'il transcende tous les thèmes. Il enterre le roman courtois, il ouvre grand tous les horizons : en un seul livre vous avez Ovide, Virgile et Tite-Live, vous avez la foi et la raison, l'art et la nature, l'homme et la société – les voilà, les grands thèmes de notre temps !

– Vous oubliez : ne pas confier un secret à une femme, s'en méfier en général, et promettre le paradis à tous les fornicateurs.

– Mais c'est de l'humour, voyons, c'est évident !

C'est au tour de Christine de soupirer. Elle a compris depuis longtemps que les pires adversaires des femmes ne sont pas seulement les clercs misogynes (elle n'emploie pas cet adjectif, il ne sera inventé qu'au siècle suivant), ce sont aussi ces petits blagues quotidiennes (« Ça, c'est bien un truc de bonne femme, ha ha ») auxquelles elles-mêmes se croient obligées de rire. Et pas question bien sûr de le faire remarquer : on les accuserait de casser l'ambiance à la cour. Combien de générations faudra-t-il pour que cela change ? se demande-t-elle.

Jean de Montreuil comprendrait-il seulement si elle lui en parlait ? Le voilà déjà reparti dans un long monologue pour défendre l'esprit de liberté qui se dégage de la pensée de Jean de Meun. Il cite des passages entiers, Christine s'abstient de réagir, et soudain Montreuil lève un sourcil :

– Attendez, ôtez-moi d'un doute : vous avez bien lu le livre jusqu'au bout ?

– Oh oui, dit Christine, et croyez-moi, je m'en serai bien passé. Je ne nie pas qu'il soit brillant par endroits, au contraire ! Mais il y avait des passages si longs, si fastidieux que mes yeux s'épuisaient, et d'autres si indécents que, pardonnez-moi, j'ai passé dessus comme un coq marche sur des braises. Alors oui, si vous voulez savoir : j'ai sauté des pages.

Jean de Montreuil est outré. Il se détourne de Christine.

– Et toi, Nicolas, tu en dis quoi ?

Clamanges ne dit rien. La vérité, c'est qu'il comprend les réserves de Christine. Il y a quelques années, il s'était essayé à la fiction : il avait raconté le viol d'une jeune femme par des paysans avinés dans une auberge. Il a renoncé à faire circuler le texte, mais sur le fond, il partage les critiques sur l'immoralité du *Roman de la Rose* – et cela contrarie Jean de Montreuil bien plus que l'avis de la poétesse. Constatant le désaccord entre les deux amis, cette dernière enfonce le clou.

– L'amour, dit-elle, voilà un grand sujet. On n'a pas fini de débattre des relations entre les hommes et les femmes, croyez-moi.

Jean de Montreuil lève les yeux au ciel. Il est temps de mettre fin à cette discussion.

– Pardonnez-moi, Christine, vous savez que je vous estime, mais l'œuvre de Jean de Meun est colossale, et je crains que vous n'en ayez vu qu'un petit bout. Vous vous intéressez à l'amour ici-bas, soit ! Mais Jean de Meun va bien au-delà : il parle de l'amour total, de l'amour de Dieu !

À ces mots, il me semble entendre Clamanges toussoter, mais j'ai peut-être rêvé. La discussion n'ira pas plus loin.

Christine s'en retourne chez elle en songeant que décidément, les hommes sont incorrigibles.

Jean repart échauffé mais se réjouit d'avoir mouché son interlocutrice. Il n'est pas mécontent de cette réplique finale, il la ressortira. Encore lui faudrait-il en convaincre Clamanges. Que ne l'a-t-il soutenu ? Certes, Nicolas dit toujours ce qu'il pense, et sans détour, c'est aussi pour cela que Jean l'estime autant. Mais tout de même ! Après tous les services qu'il lui a rendus ces dernières années, et cet argent qu'il lui a prêté ! Ah, décidément, pense Montreuil, on a bien raison d'être pessimiste en ce monde.

Mais il ne va pas se laisser abattre. Une idée est en train de germer dans son esprit alors qu'il s'approche de sa maison au confort de moins en moins spartiate. Clamanges n'aime pas le *Roman de la Rose* ? Il va le faire changer d'avis. Et il va le faire de la façon qu'il maîtrise le mieux : par écrit.

Mai 1401

Jean de Montreuil a déjà tenté plusieurs fois de percer comme auteur. Depuis son premier voyage en Italie, il recopie scrupuleusement dans un grand cahier les lettres qu'il écrit à ses camarades humanistes et aux personnages importants de ce monde. Il a envisagé, il y a deux ans, de les éditer en recueil, mais Clamanges a été ferme : il est trop tôt. Jean l'a écouté, mais l'ambition de rendre ses écrits publics ne l'a pas quitté. L'an dernier, il a tenté de se distinguer avec un pamphlet sur les courtisans qu'il côtoie chaque jour, ces hypocrites vulgaires qui se satisfont de leur latin déplorable et passent leurs journées à cancaner dans le dos des absents. Le texte était mordant, il en était content. Il l'a diffusé autour de lui, il envisageait même d'en écrire une version en vers français. Est-ce la maladie qui l'a stoppé avant ? Ses proches lui ont-ils discrètement suggéré qu'il était peu judicieux de se faire autant d'ennemis en cette époque si incertaine ? Il n'a pas mis ce projet à exécution. Mais il ne renonce pas. Pendant son ambassade en Allemagne, il a commencé à travailler sur une collection de proverbes. Il l'a complétée en rentrant, et l'a envoyée à son mentor Pierre D'Ailly, désormais évêque de Cambrai. Il n'a toujours pas reçu de réponse : mauvais signe.

Mais tout ça, c'est du passé ! décide-t-il. Ce n'était pas le bon moment, ou pas le bon texte. Cette fois, il le sent : son heure est arrivée. Le sujet est parfait, et il tient son angle. On critique Jean de Meun ? Il va le défendre, avec toute la verve dont il est capable. Mieux : il va le réhabiliter – et affirmer du même coup toute l'ambition des humanistes. Il se sent plus que jamais avant-gardiste depuis qu'il s'est trouvé un maître vénérable. Il a un héritage à défendre et un avenir à éclairer. Oui, la France a de grands poètes, et ses écrivains montrent la voie à toute la chrétienté !

Il n'y a pas de temps à perdre. C'est un traité qu'il veut écrire, presque un manifeste, et pour une fois il ne l'écrira pas en latin, mais en français, comme un hommage. Il attrape les feuilles et le calame qu'il réserve à ses brouillons, et il commence à écrire.

La discussion de la veille lui offre son point d'appui. Pourquoi donc parler du *Roman de la Rose* aujourd'hui ? Précisément parce qu'il est attaqué – il se gardera de dire par qui. Il est grand temps, écrit-il, de relire Jean de Meun, de revenir au texte lui-même comme on devrait toujours s'abreuver à la source des grands maîtres. Suis-je donc le seul à l'avoir lu vraiment ? demande-t-il. La question est rhétorique, bien sûr. Seul contre tous, c'est un rôle qu'il adore surjouer.

Les phrases lui viennent facilement, les arguments s'enchaînent, il a hâte que le texte soit fixé sur parchemin. Un jour peut-être, avec des enluminures – car oui, en écrivant, des rêves de succès l'ont tenu éveillé tard dans la nuit. C'est cela aussi, l'effet Jean de Meun.

Quelques jours plus tard, le texte est prêt. Il fait appel aux meilleurs de ses copistes pour le mettre au propre, en plusieurs exemplaires. Le premier sera pour Clamanges : il lui donnera en mains propres avant qu'il ne quitte Paris pour regagner Langres. Le deuxième sera pour Pierre d'Ailly : l'ancien, le vénérable, l'ami dont il guette encore l'avis comme un premier de la classe attend la bonne note d'un professeur. Dans sa lettre d'accompagnement (une de plus pour sa collection), il lui donne du « Monseigneur » et du « Très révérend père », s'excuse d'oser écrire un si humble traité en langue vulgaire (C'est Gontier qui m'a forcé à lire ce livre, se défend-il, ensuite j'ai pris la plume, c'était plus fort que moi) et conclut : *Je vous laisserai le soin de décider si, en louant le génie de Jean de Meun, j'ai pêché par excès ou par défaut, ou si j'ai su garder une juste mesure.*

Envoie-t-il aussi son traité à Gontier ? Le contraire serait étonnant, mais pour une raison qui nous échappe, il n'en reste nulle trace.

Le dernier exemplaire sera pour Christine. Il lui envoie comme on met un destinataire en copie cachée d'un mail. Peut-être l'a-t-il assorti d'un message, mais nous n’en saurons rien : il ne garde copie que de ses courriers en latin. Il se sera aussi bien contenté de glisser un mot au messager, à charge pour lui de le répéter en remettant le pli :

– Vous êtes Christine de Pizan ? Monsieur le prévôt de Lille m’a confié deux mots pour vous.

– Ah oui, lesquels ?

– Et. Toc.

Juin-juillet 1401

En haut de sa tour qui n'est pas d'ivoire mais de pierres, de bois et de livres, Christine échappe au vacarme des bords du fleuve et aux rumeurs de la ville.

Depuis quelques semaines, elle s'est remise à ce projet téméraire qu'elle a entrepris l'année passée. C'est un long poème, qui puise sa substance dans les livres d'histoire qu'elle a pu lire et où elle creusera ce qui ne laisse de la fasciner : ces moments où les civilisations s'effondrent, où des généraux puissants sont abandonnés par leur armée, ces points de bascule où un système fatigué fait place à un autre plus neuf, de l'Égypte à nos jours en passant par la chute de Troie et celle de Rome. Elle l'appellera : *Le Livre de la mutation de Fortune.*

Comment une femme ose-t-elle s'emparer d'un tel sujet ? Christine a conscience de la transgression. Elle ne revendique pas le droit de s'attaquer à une si vaste entreprise : elle le prend. Et si elle doit s'en justifier, ce sera en poésie. Alors elle a prévu d'ouvrir le livre sur une mutation imaginaire : la sienne, elle qui pour écrire est devenue… un homme.

Je vous dirai qui je suis, qui parle
Qui de femelle devins mâle.
Je ne dis que la vérité
Mais je dirai par la fiction
Comment eut lieu la mutation

Dans une allégorie, elle raconte le long et heureux voyage que fut son mariage, avant qu'une terrible tempête ne fasse chavirer le bateau de leur jeune ménage. Le mât, soudain, tombe sur Étienne qui tenait la barre, et là, c'est le drame. De désespoir, Christine s'évanouit tandis que le bateau s'échoue sur un rocher. Quand elle se réveille, elle tâte tous ses membres, surprise d'être bien vivante, et comprend qu'elle n'est plus femme : elle est devenue homme. Alors, en capitaine de sa nef, elle répare le bateau et le conduit elle-même jusqu'au royaume de Fortune, déesse de toutes les destinées.

Elle en est là dans son texte, quand deux étages plus bas, un messager frappe à la porte.

– Madame Christine de Pizan ?

– C'est ici.

– J'ai une lettre pour elle. De Maître Jean Johannes, prévôt de Lille.

En découvrant le contenu de la lettre, quelques heures plus tard, Christine ne trouvera rien de neuf. Jean de Montreuil y développe les arguments qu'il avait exposés à l'oral, il y ajoute quelques arguties de clerc assorties de saillies de son cru, dans cette langue un peu trop savante qui semble faite pour exclure ceux qui n'appartiennent pas au petit cercle des lettrés.

Cette lettre de Jean de Montreuil n'appelle pas de réponse. Le prévôt de Lille s'y adresse surtout à son ami Clamanges, comprend-elle. Il l'a envoyée à Christine « pour information », dirait un cadre en transférant un message. Mais Christine est-elle du genre à faire ce qu'on attend d'elle ? Bien sûr que non. Elle s'est déjà invitée dans le petit monde des poètes ; elle peut bien s'inviter dans un débat littéraire. La *Mutation de Fortune* attendra quelques jours.

Elle s'empare d'une feuille de brouillon, et se lance.

De Christine,

À une personne très digne et très savante, maître Jean Johannes, secrétaire du roi notre sire,

Tout en fausse modestie, elle s'excuse par avance de faire irruption dans le débat, elle simple femme au savoir si limité. Mais après avoir loué la rhétorique de son interlocuteur, elle prévient :

Je veux affirmer, et proclamer publiquement, avec tout le respect que je vous dois, que vous avez grand tort de porter aux nues un livre qu'il vaut mieux, à mon avis, appeler pure sottise plutôt qu'œuvre utile.

Les mains en l'air, et les pieds dans le plat !

Elle a choisi deux lignes d'attaque : l'obscénité, et la misogynie. L'obscénité ? Ce sont ces insultes que Jean de Meun prête à ses personnages. C'est cette scène finale indécente. C'est aussi cette insistance fanfaronne avec laquelle Raison nomme les « secrés membres » explicitement par leur nom – Christine n'aime pas que l'on mette aussi légèrement les couilles sur la table. Serait-elle prude ? Des universitaires chevronnés lui en ont fait le reproche jusqu'au XXe siècle. Je dois reconnaître que moi-même, à la première lecture, j'ai été déconcerté. Tant de finesse déployée pour s'indigner d'un seul mot ? C'était tout de même décevant. Le temps passant, pourtant, je crois la comprendre. Depuis que j'ai fait sa connaissance, j'ai vu s'accélérer sur nos écrans la surenchère verbale. Ce que dénonce Christine, ce n'est pas seulement l'utilisation d'un mot grossier : c'est la brutalisation du langage qui révèle la fascination pour la force brute. La Raison de Jean de Meun, c'est la raison du plus fort. C'est Trump, c'est Orban, Musk, Tate, Hanouna. C'est Vladimir Poutine qui promettait d'aller « buter les terroristes jusque dans les chiottes », avant d'assassiner des opposants et d'envahir ses voisins. Et ce sont tous ses admirateurs, de gauche et de droite, du Nord comme du Sud, qui se sont fait un nom avec leurs outrances langagières, s'enhardissant chaque fois un peu plus comme des enfants surpris de leur audace à proférer des gros mots et qui s'amusent en riant à pousser le bouchon toujours un peu plus loin.

Christine sait que les mots grossiers finissent un jour ou l'autre par se traduire en actes. Elle ne se contente pas de s'offusquer. Elle rappelle à Jean de Montreuil qu'*il apparaît dans maints endroits de la Sainte Écriture que le rejet de la pudeur est un grand péché*, et elle en appelle à la décence – à la *modération*, dirait-on aujourd'hui.

J'écris ce chapitre en cet hiver funeste où Elon Musk, ayant depuis longtemps abandonné toute décence, s'installe au pouvoir et interpelle le premier ministre britannique en l'appelant «*girl*». Hier, Mark Zuckerberg s'est converti à «l'énergie masculine» en allégeant la modération sur ses réseaux sociaux au nom de la liberté d'expression, tout en restreignant l'accès à des pages d'information sur l'avortement. Sors de ce corps, Genius! Voilà que nos milliardaires transhumanistes, à leur tour, promettent l'absolution numérique aux fornicateurs et aux diffamateurs en invoquant les lois impérieuses de la Nature, ouvrant grand leurs réseaux aux commentateurs qui, cachés sous leur pseudonyme, s'en donnent à couilles joie pour harceler en meute les femmes qui osent encore s'exprimer en ligne[1]. En 1401, Christine les connaissait déjà, elle les voyait à l'œuvre, rabaissant les femmes pour mieux les faire taire, façonnant le monde à leur image et glorifiant une liberté qui n'est jamais que la leur. Tout cela, dit-elle, était déjà chez Jean de Meun.

Ah! Vous qui avez des filles qui vous sont chères, ironise-t-elle, *si vous souhaitez les instruire dans une vie honorable, donnez-leur donc le* Roman de la Rose *pour*

1. Est-ce un hasard si la journaliste Salomé Saqué, régulièrement harcelée en ligne, a rarement reçu autant d'insultes et de menaces que le jour où elle a indiqué, au détour d'une phrase, qu'elle ne souhaitait pas d'enfant? L'attaque s'est faite en meute, comme les «barons de l'amour» excités par Genius partant à l'assaut du château où était enfermée la pauvre rose, qui n'avait rien demandé. Et dire que je n'avais rien compris à ma première lecture du *Roman de la Rose*! Aujourd'hui, il me semble plus actuel que jamais.

qu'elles apprennent à distinguer le bien du mal ! Que dis-je : plutôt le mal du bien !

Christine n'est pas mécontente de sa tirade. Mais aussitôt elle enchaîne. Et s'il n'y avait que ça ! fulmine-t-elle. Elle entreprend de lister les exemples les plus flagrants de misogynie, jusqu'au sermon final où Jean de Meun se cache derrière l'autorité des grands Anciens pour délivrer ses clichés préférés : *Il est incontestable qu'une femme s'enflamme facilement de colère*, écrit-il. *Virgile lui-même, qui les connaissait bien, témoigne que les femmes sont changeantes et capricieuses. Et Tite-Live lui aussi…* Assez ! s'énerve Christine. Parce que Aristote, Virgile ou Tite-Live auraient écrit des idioties, eux qui ne connaissaient pas mieux les femmes que Jean de Montreuil, il faudrait les répéter comme parole d'évangile ? Et toujours ces arguments d'autorité : « On sait bien que », « il est incontestable »… *Au nom de Dieu,* poursuit-elle, *peut-on m'expliquer à quoi peuvent bien servir tous ces développements contre les femmes ?*

Elle connaît déjà la réponse de Jean de Montreuil : il ne faut pas tout prendre au pied de la lettre, ma petite dame ! Il lui a déjà sorti le joker « second degré » lors de leur précédente conversation, elle n'avait su que répondre. Maintenant elle sait qu'elle aurait dû jouer sur la corde la plus sensible des humanistes : celle de l'Antiquité. Alors elle attaque :

Quand les Romains triomphaient, dans l'Antiquité, ils n'exaltaient ni n'honoraient rien qui ne fut utile à la République. Regardons donc à leur exemple, pour voir si ce *Roman* mérite tous les lauriers que vous lui attribuez !

L'opinion de Christine est faite depuis longtemps : loin du « miroir pour vivre honorablement » que vantait Jean de Montreuil dans son traité, le *Roman de la Rose* est avant tout *une exhortation au vice, un enseignement plein de tromperie* – voire, à certains titres, une hérésie, si bien que *la destruction par le feu me semble plus indiquée pour lui que la couronne de lauriers* – elle a bien droit, elle aussi, au second degré. *Mon jugement reconnaît que maître Jean de Meun était un grand savant, ingénieux et à l'écriture élégante*, poursuit-elle. *À plus forte raison, il aurait su bâtir une œuvre bien meilleure et plus utile s'il s'y était appliqué – et c'est dommage qu'il ne l'ait pas fait.* Tout est toujours plus facile pour les hommes, pourquoi s'appliqueraient-ils ? Et dans un sourire, elle ajoute : … *Mais je suppose que la concupiscence dont il était empli le poussa à se laisser aller à ses désirs plutôt qu'à une vie salutaire.* Et voilà Jean de Meun rhabillé pour l'hiver et les siècles à venir.

Sa plume court de plus en plus vite sur le papier, elle multiplie encore les arguments, hésite à citer ce passage où Ami assène comme une vérité irréfutable que la femme n'a pas la science du bien et du mal… Mais rien que d'y penser, elle s'échauffe encore, et elle tient à garder toute maîtrise. Alors elle termine sa lettre en trempant sa plume dans sa colère froide.

Que l'on ne m'accuse pas de témérité, d'arrogance ou de présomption si moi, une femme, j'ai osé reprendre et contredire un auteur si subtil alors que lui, *un homme tout seul, osa s'employer à diffamer et à critiquer tout un sexe sans exception.*

Elle compte les feuillets noircis depuis ces quelques jours : il y en a plus de vingt. Son « petit traité » n'a pas à rougir devant celui de Jean de Montreuil. Le voilà donc, son premier vrai texte en prose ! Elle aimerait l'envoyer aussitôt, mais ce n'est évidemment pas cette version qu'elle enverra. Il va falloir s'armer de patience, ajouter quelques corrections, faire recopier la lettre. Ensuite il sera bien temps d'appeler un courrier, et de lui glisser le plus subtil des messages d'accompagnement. D'ici là, elle sait qu'il vaut mieux laisser reposer le texte, et aller dormir.

Alea jacta est.

Août 1401

La nuit tombe sur Paris. Les comptoirs des échoppes ont été relevés, les rues se sont vidées, les tavernes vont fermer. On n'entend plus crier dans les rues que les vendeurs de chandelles de dernière minute. Jean de Montreuil est rentré chez lui tôt, il a déjà soupé, donné congé aux domestiques et s'est couché dans son lit. Le prévôt de Lille est fatigué. Il récite une prière, rabat ses couvertures, ferme les yeux. Quand il les rouvre, il n'est pas sûr d'avoir dormi. Autour de lui, tout est calme. Et voilà que du bout de la rue lui parvient l'écho d'un tintamarre. Des crécelles, des tambours, des chants joyeux et avinés : il a compris. Cette nuit, c'est charivari.

Qui va subir les foudres des jeunes gens ce soir ? Un mauvais payeur ? Un commerçant fripon ? Une femme un peu trop vite remariée ? Jean de Montreuil connaît le rituel. Il y a participé lui-même quand il était étudiant, il sait que tout peut facilement déraper ; plus d'un charivari monté pour afficher l'adultère d'une femme s'est terminé en viol collectif. Encore une pratique qu'une Christine de

Pizan rêverait de proscrire, sans doute, comme elle veut jeter au feu le *Roman de la Rose*… Voilà qu'au moindre dérapage désormais on veut tout interdire ! Ce n'est pas lui, Jean Johannes, qui va condamner la tradition. Ce soir, pourtant, il aimerait bien que le guet leur tombe dessus et fasse cesser le chahut. Il manque tellement de sommeil depuis quelques semaines…

Il voulait dépasser le cercle fermé des humanistes en défendant le *Roman*, c'est réussi ! À croire qu'on ne parle plus que de cela dans le monde des lettres. Mais pouvait-il imaginer que l'affaire tournerait autant en sa défaveur ? Ni Clamanges ni d'Ailly n'ont répondu à son traité – silence pudique, il a compris. Il y a bien eu cet évêque qui lui a écrit pour lui en demander une copie, mais c'est le seul. Puis il y a eu cette lettre de Christine de Pizan, si sérieuse que c'en était assommant. Il n'a pas répondu. Peut-être aurait-il dû. Car depuis, les contempteurs de Jean de Meun se multiplient, à l'Université comme à la Chancellerie. L'ont-ils seulement lu en entier ? Même pas ! Et si lui, Jean Johannes, leur en fait le reproche, ils lui coupent la parole : ils en ont entendu des extraits, disent-ils, et c'est bien assez, pas question pour eux de poser leurs yeux sur une œuvre aussi immorale. Esprits rétrécis ! Paresseux ! N'y a-t-il donc personne qui sache encore lire, et reconnaître le génie précurseur de Jean de Meun ? Personne qui sache distinguer l'auteur de ses personnages ? Personne pour oser regarder la vérité en face, et le monde tel qu'il est ? Ah oui, il est plus confortable de fermer les yeux et de s'indigner d'une seule phrase pour jeter l'anathème sur une œuvre entière! À ce compte-là, disons-le: on ne peut plus rien dire.

Les oreilles de Jean de Montreuil sifflent de tous côtés, les bruits de crécelle se rapprochent, et le prévôt de Lille prend soudain peur: et si c'était pour lui, ce charivari? Les ennemis de la littérature et de Jean de Meun auraient-ils décidé de se venger?

Reprends-toi mon Jean, se dit-il. Sa tendance à dramatiser lui joue parfois des tours – mais n'est-ce pas précisément cela, ce monde littéraire nouveau qu'il incarne? Exagérer, vivre chaque débat pleinement, jouer à se faire peur: voilà ce qui fait un auteur. Il sait pourtant que les vrais détracteurs du *Roman de la Rose* sont peu nombreux. Mais il faut y ajouter tous les opportunistes, comme le vieux Mézières, lui qui naguère vénérait Jean de Meun, et qui vient de déclarer publiquement que le maître avait tout de même exagéré. «Toutes des putes», non, vraiment, il n'aurait pas dû écrire cela, il faut respecter les femmes. Ha! Faut-il qu'on lui rappelle, à ce vieux croûton, ce qu'il écrivait à l'époque de ce mariage ridicule de la princesse Isabelle avec Richard II? Jean de Montreuil, lui, s'en souvient parfaitement: *Neuf ans, c'est un bon âge*, écrivait le conseiller. *Elle sera à la fois la femme et la fille du roi Richard. Les filles sont comme les éléphants: il faut commencer leur dressage de bonne heure.* On te voit, Mézières! Il a préféré ne rien dire. Mais son stoïcisme a des limites: quand un juriste de ses amis, l'autre jour, s'est piqué de proclamer qu'il préférait Guillaume de Lorris à Jean de Meun, là, il a réagi ! De son latin le plus pugnace, il lui a écrit une longue invective pour le sommer d'abjurer ses propos. *Tu n'avais sans doute pas toute ta tête ce jour-là ? On peut en discuter si tu retires ce que tu as dit contre Jean de Meun.* Sinon, tu sais que nous sommes nombreux, et si tu entends encore médire de notre bon maître, eh bien ! tu nous trouveras sur ta route. *Car il existe, n'en doute pas, et en grand nombre, des champions et des athlètes pour défendre de leur mieux cette cause, par l'écrit, par la parole et même par la force des mains.* Non mais ! Il a fait recopier la lettre, pour son best-of. Il s'est aussi permis d'en envoyer copie à l'évêque qui le soutient : le prélat pourra le lire en latin, c'est tout de même plus noble. Et il verra que non, les partisans de Jean de Meun ne se couchent pas !

Le charivari finit par s'éloigner, mais le sommeil ne vient toujours pas. C'est qu'une dernière attaque contre le *Roman* l'a touché plus encore que les autres. Hier, lors de la fête annuelle du collège de Navarre, l'éminent ancien qui a prononcé le sermon a condamné à mots couverts le *Roman de la Rose*. C'est bien lui, Jean Johannes, que l'on visait, dans sa propre maison. Pas personnellement bien sûr, tout cela est resté feutré, très respectueux, mais il a compris le message : l'école ne bougera pas le petit doigt pour lui. Tout actifs et sûrs d'eux qu'ils soient, les humanistes restent minoritaires à l'Université, même chez eux à

Navarre, et ça ne va pas changer de sitôt. Prière de faire profil bas.

Ah, c'est bien mal connaître Jean de Montreuil si l'on croit qu'il va rester les bras croisés ! Mais que peut-il bien faire ? Un nouveau traité ? Inutile. Une réponse à Christine ? Allons. De toutes parts, il se sent coincé. Et puis soudain, au creux de la fatigue, une évidence lui vient. Gontier ! La nouvelle est arrivée voilà quelques jours : la princesse Isabelle a enfin été rendue à la France. Son ami ne devrait pas tarder à rentrer à Paris, c'est lui qui doit intervenir. Après tout, c'est bien de sa faute si toute cette affaire a commencé. Cicéron lui-même ne disait-il pas que l'amitié véritable commande de venir en aide sans réfléchir à un ami qui se trouve diffamé ?

Dans sa tête, il commence à composer le brouillon de la lettre qu'il dictera demain. Il va tout raconter à Gontier, sans donner de noms (il lui réserve cela pour leur prochaine rencontre), il se réjouit déjà du portrait féroce qu'il fera de leurs adversaires, ces censeurs qui n'arrivent pas à la cheville de Jean de Meun, ces tristes couards qui ne se seraient jamais risqués à murmurer la moindre critique en présence du maître !

Ne souffre pas, dans la mesure où tu peux l'empêcher, que tes amis soient malmenés de façon aussi excessive, pernicieuse et injuste. Je sais que quand tu reprendras ta plume oisive, les ennemis de la Vérité ne prévaudront pas sur nous. Je ne doute pas que tu en feras quand tu voudras de doux agneaux, et que tu les rendras aussi muets que des souches.

Cela est juste et bon, songe-t-il. Gontier saura quoi faire. L'esprit apaisé, il peut enfin s'abandonner au sommeil.

Il est déjà un peu parti dans les limbes quand ses lèvres s'entrouvrent et murmurent :

Vous qui êtes, serez ou fûtes…

Septembre 1401

L'été s'achève sur la capitale du royaume de France, les journées raccourcissent, et pour Christine, le temps s'accélère. Elle s'était remise au travail sur la *Mutation de Fortune*, mais des nouvelles venues d'Angleterre ont bousculé son programme. Le nouveau roi Henry IV insiste encore pour qu'elle rejoigne sa cour. Il n'en est pas question ! Surtout quand on sait le sort que les nouveaux maîtres anglais ont réservé à la pauvre princesse Isabelle, abandonnée à elle-même au milieu de barons méprisants…

Comment répondre au roi sans le froisser, et obtenir le retour de son fils ? Christine a eu une idée, dont elle n'a encore parlé à personne. Elle va lui promettre de le rejoindre à condition qu'il laisse l'enfant venir la chercher pour la mener ensuite jusqu'à Londres. N'a-t-il pas droit, ce jeune homme, de faire ses adieux à la ville qui l'a vu naître ? En attendant, elle envoie outre-Manche deux beaux livres, copiés par elle-même sur parchemin et illustrés en couleurs. Tout cela coûte cher. Alors

Christine redouble d'activité commerciale : elle a trouvé des clients pour plusieurs de ses anciens textes – l'*Épître Othéa* marche très bien, de bonnes familles s'en servent comme manuel d'éducation. Elle fait réaliser des copies sur papier, dont le prix baisse enfin, avec des enluminures encore minimalistes. Et parce qu'il faut bien produire des textes nouveaux pour fidéliser ses lecteurs, elle s'est attelée à un long poème autour de l'amour : *Le Débat de deux amants*, où se confrontent un chevalier déçu par l'amour et un jeune écuyer encore plein d'espoir. Elle a choisi de situer la scène à la cour du duc d'Orléans. C'est un remerciement en forme d'hommage pour le soutien que le duc lui a déjà apporté, lui qu'elle a connu enfant à l'hôtel Saint-Pol – la résidence royale. C'est aussi un jalon pour l'avenir : si le duc acceptait de prendre le jeune Jean Castel à son service quand il rentrera d'Angleterre, ce serait parfait.

À condition qu'il puisse rentrer, bien sûr.

… Pardon ? Il me semble entendre des voix sur ma droite : on semble déçu de voir Christine se livrer à des calculs aussi triviaux. On la préférerait sans doute pure, s'adonnant sans retenue à son art. Non ! Seuls les nobles et les nantis peuvent se permettre d'écrire sans se soucier de leur bas de laine. Les poètes de la *fin'amor* étaient des seigneurs dans leur château, pas des saltimbanques. Le grand Sénèque lui-même avait beau jeu de prôner le détachement des choses matérielles, lui qui mangeait déjà dans une vaisselle en or, servi par des esclaves. Si Christine est devenue la première personne en France qui écrit à vivre de sa plume, c'est que celles et ceux qui l'ont précédée vivaient de leurs rentes ! Elle n'est certes pas à plaindre : elle a retrouvé des domestiques et sa mère administre la maison. Mais lui reprocher de chercher des clients et de répondre à la demande, c'est la voir avec les yeux de Jean de Montreuil, haut fonctionnaire et cumulard de bénéfices, lui qui ne jure que par le latin des grands maîtres et voit en elle une youtubeuse qui monétise ses contenus. Si Christine de Pizan pouvait se passer de ces petites tactiques éditoriales, elle le ferait volontiers. Mais pour l'heure, le Trésor royal lui doit encore de l'argent, et elle ne sait pas de quoi demain sera fait. Alors elle travaille, oui, elle travaille beaucoup, elle répond à des commandes et elle écrit dans la langue qui plaît à ses lecteurs, à la cour et ailleurs. Et la nuit, elle travaille encore, pour elle, le nez dans des livres qu'elle aurait aimé pouvoir lire à l'âge où on l'a mariée, et dans son étude elle prépare des textes qui, elle commence à en formuler l'espoir un peu fou, parleront bien au-delà des cours princières et des châteaux de ce siècle.

Christine pensait donc à son fils quand s'est annoncé avant-hier un messager envoyé par Maître Gontier Col. Aurait-il des informations à lui apporter venues d'Angleterre, des nouvelles de son fils ? Le temps de descendre l'escalier, elle a pu croire à un miracle. Elle a vite compris, en ouvrant le pli, qu'il n'en était rien.

À Christine, demoiselle sage, respectée et savante, femme de très grande intelligence…

Tous ces compliments, ça n'augure rien de bon.

J'ay ouy parler par la bouche de plusieurs notables clercs que, parmi d'autres ouvrages qui méritent de grands éloges (il ne m'a jamais lue, a décodé Christine), *tu as récemment écrit sous forme d'invective contre ce que mon maître, mon guide et mon ami, feu maître Jean de Meun, écrivit en rédigeant le* Roman de la Rose *par la grâce de Dieu et par l'œuvre de la nature…*

Viennent ensuite cinq pleines lignes d'éloges du maître, ce *catholique authentique*, ce philosophe si pénétrant qui savait tout et promis à la gloire éternelle. Christine connaît le refrain, elle voit déjà venir la suite : il paraît donc que tu t'es permis de critiquer ce livre ? Comme je sais que tu l'as lu pour de vrai, je n'ose y croire…

Ceux qui m'ont rapporté cette affaire gardent jalousement ton invective [et] je ne peux obtenir d'eux ni une copie ni l'original. Ainsi je te demande et je te prie, au nom de l'amour que tu as pour la science, que tu veuilles m'envoyer l'œuvre dont il est question, par ce messager ou, si tu préfères, par un autre…

Jean de Montreuil aurait refusé de donner une copie de sa réponse à Gontier Col ? Christine n'y croit pas un instant, chacun sait que ces deux-là sont comme deux doigts de la même main. Sans doute cherchait-il un prétexte pour lui écrire. La suite va lui donner raison. Car Gontier Col tenait à lui envoyer, en plus de cette lettre, la copie d'un texte inédit du grand maître, ce

« trésor » si puissamment chrétien qu'il ne voulait voir publier, dit-on, qu'après sa mort[1]. Et pourquoi donc ?

… Pour te ramener à la pure vérité, pour mieux te faire connaître les œuvres de maître Jean de Meun, et pour te donner matière à écrire encore plus contre lui, si cela fait plaisir à toi ou à tes complices – qui t'ont jetée dans cette affaire parce qu'ils ne savaient s'y prendre, et veulent t'utiliser comme couverture…

Mais bien sûr ! tchipe Christine. Un homme puissant comme ce Gontier ne peut imaginer qu'elle a écrit seule. Des hommes en coulisses tirent forcément les ficelles – à ce stade elle hésite entre rire et déchirer la lettre, ce qu'elle aurait bien tort de faire car l'essentiel arrive juste après :

Puisque tu as osé critiquer et blâmer (d'après ce que l'on dit) ce que maître Jean de Meun a écrit dans le Roman de la Rose, *[je veux dire ceci] : si tu ne renies pas ce que tu as écrit et ne t'en repens pas, bien que je sois actuellement occupé dans d'autres affaires importantes, j'entreprendrai de le défendre contre tes écrits et ceux de n'importe qui d'autre, confiant dans la bonne et vraie justice et dans la certitude que la vérité n'admet pas d'être dissimulée.*

Je ne suis pas Christine de Pizan, mais en lisant ce courrier de Gontier Col me revient le souvenir de mails professionnels à base de « Merci de » et de « Bien à vous », ce ton comminatoire qui donne envie de faire l'exact

1. Ce fameux texte inédit censé prouver que Jean de Meun était aussi un fin théologien ne prouvait rien : des médiévistes démontreront quelques siècles plus tard que c'était un faux.

contraire de ce qui est demandé – ces messages qui ont le goût de lettres recommandées et vous restent dans la tête après avoir éteint votre ordinateur, parce que sous les mots en apparence inoffensifs, vous savez parfaitement de quoi il s'agit : un coup de pression. Je ne suis pas Christine de Pizan et je n'étais pas à l'hôtel Barbeau, ce 13 septembre 1401, mais je sais que Christine, en lisant cette lettre, a l'intestin qui se contracte et des idées noires qui naissent sous sa coiffe et la poursuivront jusque dans son sommeil. D'autant qu'en-dessous de la date et d'un sournois « tout à toi », Gontier Col a ajouté cette précision :

Écrit hâtivement en présence de Jean de Quatre-Mares et de Jean Porcher, conseillers, et de Guillaume de Neauville, secrétaire du roi notre sire,

Ce n'est plus seulement un coup de pression. Ça ressemble à une menace : ne t'avise pas d'aller plus loin, femme, car nous sommes nombreux, et nous sommes puissants.

Je donnerais beaucoup pour savoir quel message Christine a confié à l'envoyé de Gontier Col. Peut-être n'a-t-elle rien dit : elle se sera contentée de lui remettre une copie de sa lettre à Jean de Montreuil, sans mot d'accompagnement, comme on envoie par dédain une pièce jointe sans message. Ce qui est certain, ou presque, c'est qu'elle avait quelques copies d'avance ; elle n'a pas cherché à diffuser largement le texte, mais elle ne se privait pas de le donner si on le lui demandait. Et puis, autant économiser une course.

Le soir du 13 septembre, donc, Gontier Col était en possession du document (qu'il avait, je le parie, déjà lu chez son ami Jean). Deux jours plus tard, voilà le même messager qui revient toquer à la porte de l'hôtel Barbeau. En voilà un qui n'a pas perdu de temps! a pensé Christine. Puis elle n'a plus pensé du tout.

À une femme de grande intelligence, demoiselle Christine[1].

L'Écriture divine nous apprend que, quand on voit son ami s'égarer ou commettre une erreur, dans un premier temps on doit le réprimander et le punir en privé; que si après cette première fois il ne veut pas se corriger on doit le punir en public…

Christine connaît la suite: si même après ça l'ami refuse de s'amender, alors on le traitera comme un simple étranger.

Dans une lettre que je t'ai envoyée avant-hier (Oh, ce ton déjà insupportable, «comme rappelé dans mon mail du 13/09»), *je t'ai conseillé, recommandé, prié de te corriger et de t'amender à propos de l'erreur, de la manifeste folie, de l'énorme démence qui t'est venue par présomption ou par outrecuidance* (ça va, Gontier?), *comme une femme qui s'est prise de passion pour cette matière.*

Les joues de Christine virent déjà à l'écarlate. L'infâme petit clerc, avec ses mots châtiés, est en train de l'insulter.

1. Les traductions des lettres de Christine et de Gontier sont d'Andrea Valentini. Celles de Jean de Montreuil sont traduites par Virginie Greene. Gloire aux médiévistes et aux traducteurs et traductrices.

Suivant le commandement divin, ayant de la compassion pour toi par amour charitable (elle commence à avoir une idée très précise de l'endroit où il pourrait loger sa charité), *je te prie, te conseille, te demande une deuxième fois, par ce billet, de vouloir renier, amender, réparer la faute que tu as commise envers le très excellent et irrépréhensible docteur en sainte divine écriture, le profond philosophe…*

Suivent des lignes entières à la gloire de Jean de Meun, Christine connaît la chanson.

Si tu reconnais ton erreur, nous aurons pitié de toi et, miséricordieux, nous te donnerons une pénitence salutaire. Qu'il te plaise, à ton aise et à tout loisir, de me faire connaître ta réponse à cela et à mon autre lettre, avant que je ne prenne la peine d'écrire à l'encontre des faux arguments, avec tout le respect que je te dois, que tu as voulu développer contre cet auteur.

Voilà bien les méthodes de ces hommes-là, songe Christine en détachant ses yeux de cette lettre injurieuse. Jean de Montreuil en avait fait de même : des attaques personnelles, des arguments d'autorité alignés avec morgue, *Comment oses-tu !* Un soupçon de menace, une goutte de miel pour faire passer l'ensemble, et pas un mot sur le fond, pas un seul. La force brute, avec un col amidonné et des chaussures à bout pointu. Triste sire. Et le voilà qui lui sert le refrain des humanistes – pardonne-moi si je te tutoie, et caetera. S'est-il donc excusé quand il l'a tutoyée dès sa première lettre ? Mais il reste encore quatre lignes.

Dieu veuille ramener rapidement ton esprit et ton intelligence à la vraie lumière et à la connaissance de la vérité, car ce serait dommage si tu demeurais plus longtemps dans une telle erreur, sous les ténèbres de l'ignorance.

Et c'est signé : *Ton Gontier Col.*

Cette lettre, elle va y penser toute la journée, et celle du lendemain. Elle rumine des bouts de réponse, hésite entre l'ironie et l'indignation. Une seule chose est sûre : elle ne compte rien renier de ce qu'elle a écrit – s'ils veulent venir la chercher avec de vrais arguments, qu'ils viennent donc !

A-t-elle relu trois fois la lettre de Gontier au milieu de la nuit ? La connaissait-elle déjà par cœur après deux lectures ? C'est à force d'y penser, ou de la relire, que lui vient l'intuition d'une riposte. Pas une réponse bien sentie, non. Beaucoup mieux que ça : une idée de vengeance, implacable et inattaquable. Elle va prendre Gontier Col au mot, et retourner contre lui ses arguments – qui n'en sont pas. On veut la rabaisser ? Elle va en sortir grandie.

Mais pour cela, il lui faut se préparer un peu, réunir son équipe de copistes, et attendre que les conditions soient réunies.

Automne 1401-1402

Christine va répondre à Gontier Col. Une lettre courte mais ferme, qui dit à la fois « j'ai compris ton petit jeu », « je suis certaine que tu vaux mieux que ça » et « ne compte pas sur moi pour me laisser faire ».

Si tu méprises à ce point mes raisonnements à cause de la petitesse de mon intelligence, ce que tu attribues au fait que j'agirais « comme une femme », etc. (Christine recourt volontiers au « etc. » quand elle cite, elle n'a pas de temps à perdre), *sache en vérité que je ne considère pas cela comme une insulte ni comme un reproche quelconque…*

… car des femmes de grande valeur, ajoute-t-elle, il n'en manque pas dans l'histoire. Elle le sait bien, elle qui depuis des années archive des notes sur toutes les figures féminines qu'elle a pu trouver au fil de ses lectures.

Si tu veux néanmoins dénigrer mes solides arguments à cause de cela, rappelle-toi que la pointe d'un canif peut percer un gros sac tout rempli de choses volumineuses (…) *Aussi, ne t'imagine pas que je puisse changer d'avis et que, par légèreté, je puisse être persuadée de me rétracter rapidement, bien que me débitant des insultes, tu me menaces avec tes arguments subtils, ce qui généralement est cause de peur pour les lâches.*

«Arguments subtils»: Christine a décidément pris goût à l'antiphrase.

Parce qu'elle tient à rester mesurée dans ses jugements, elle rappelle qu'elle trouve parfaitement estimables de nombreux passages du *Roman de la Rose* – ce qui en rend le danger encore plus grand. *J'affirme*, insiste-t-elle, *que c'est un enseignement plein de tromperie (...) et peut-être une source d'hérésie*. Voilà qui est dit! Et elle conclut en guise de défi:

Tout cela, je veux et j'ai l'audace de l'affirmer et de le certifier en tous lieux et devant toutes gens publiquement; et je veux que soit prouvé par le livre lui-même, en le soumettant au jugement de tous les hommes justes et sages, théologiens et vrais catholiques, et de toutes les personnes de vie probe et vénérable.

Ta Christine de Pizan

Elle n'ajoute pas «en présence de Truc et de Bidule» à sa signature, mais si Gontier y prenait garde il comprendrait que ce sont toutes les femmes du monde qu'elle prend à témoin. Dans quelques mois il comprendra peut-être, en relisant cette lettre, que Christine avait déjà son plan en tête.

Mais alors que s'avance l'automne de cette première année du nouveau siècle, les circonstances conspirent contre le projet de Christine. L'heure, en effet, n'est plus à l'amour: à l'intérieur des murailles de Charles V, les rumeurs littéraires sont couvertes par le bruit des épées qu'on aiguise. Dans les rues on presse le pas, les portes se ferment. C'est le spectre de la guerre qui revient – et pas avec les Anglais, non ! Une guerre entre deux princes du même royaume, un oncle et un neveu prêts à en découdre au risque de mettre la ville à feu et à sang. Ah, soupire Christine, on dit les femmes inconstantes et débordées par leurs passions, mais regardez-les donc, ces princes et ces papes ! Qui faut-il donc blâmer pour les malheurs de notre temps ? Les femmes qui n'ont rien fait, ou les hommes et leur soif de pouvoir ? Mais tant que les clercs tiendront la plume des princes, elle le sait, rien ne pourra changer : on continuera à chanter les louanges d'ambitieux insatiables, de tyrans en puissance et de girouettes mégalomanes.

Tout a commencé à la fin de l'été : le roi a replongé dans sa folie, la lutte pour le pouvoir a repris, et peu à peu le fiel est monté entre les ducs d'Orléans et de Bourgogne. Les deux rivaux ont chacun fait venir sept mille hommes armés dans les murs de Paris – qui de Flandre, qui du Languedoc ou d'Armagnac. Quatorze mille soldats, venus de terres lointaines, qu'ils logent et entretiennent : ça fait du monde, ça fait du bruit, et ça fait peur. Les princes ont promis que les troupes se tiendraient cantonnées et qu'ils paieraient pour leur pitance, mais on sait qu'il suffit d'une étincelle pour qu'un chaos sanglant survienne. Reine, princes, sommités de l'Église : on tente toutes les médiations, et toutes échouent. Les deux hommes s'accusent mutuellement d'être déloyaux et d'abuser de leur pouvoir – des cours d'école primaire aux cours princières, c'est toujours le même refrain: «C'est lui qu'a commencé», «ç'est çui qui dit qui y est», etc.

Le nouveau prévôt Tignonville fait ce qu'il peut pour maintenir l'ordre, sous la pression des partisans bourguignons qui l'accusent d'avoir été placé là par le duc d'Orléans. Pendant deux mois, on craint le pire chaque jour. On scrute aussi avec appréhension l'autre côté de la Manche: et si les Anglais profitaient des divisions françaises pour débarquer à nouveau? Et puis le 14 janvier, miracle: à l'hôtel de Nesles, chez le duc de Berry, Louis d'Orléans et Philippe de Bourgogne s'embrassent (avec la langue: c'est une réconciliation), promettent de rester sages et chevauchent ensemble vers le Châtelet avant de filer chacun chez soi et de renvoyer leur armée. Soulagement! La ville respire, la vie peut reprendre. Christine, elle, réunit ses copistes: son plan peut désormais être mis à exécution. Elle va changer les règles, retourner contre eux la pression qu'ont voulu lui mettre ces messieurs. L'heure est venue de renverser la table à laquelle elle n'était pas conviée. Cette fois, elle espère que les princes sauront se tenir.

Février 1402

… Certes, je suis faible pour porter une telle charge contre des maîtres si savants ; toutefois je suis poussée par la vérité, puisque je sais par mon expérience directe que les droits légitimes des femmes sont dignes d'être défendus. Ainsi ma petite intelligence a-t-elle voulu et veut-elle encore s'employer à s'opposer à leurs ennemis et à leurs accusateurs. Par conséquent, je supplie votre digne altesse de vouloir ajouter foi à mes justes raisons, et de m'accorder la faveur de pouvoir écrire encore sur le sujet, si j'en suis capable. Que tout cela soit fait avec votre approbation bienveillante.

Très haute, très excellente et très révérée dame, je prie la vraie Trinité qu'elle vous accorde une vie paisible et longue, et l'accomplissement de tous vos désirs légitimes.

Écrit la veille de la Chandeleur, l'an 1402,

L'humble servante entièrement vôtre, Christine de Pizan.

Nous sommes le 1er février 1402. Tandis que Paris se prépare pour la Chandeleur, Christine relit une dernière fois la dédicace de ce livre qu'elle préparait depuis l'automne et qu'elle offrira à la reine en personne. Un livre ? Disons, un petit volume dans lequel elle a compilé les différentes pièces de la querelle : un rappel des faits pour que tout soit bien clair (« Il y a quelque temps, une discussion eut lieu entre mon seigneur le prévôt de Lille, Maître Jean Johannes, et Christine de Pizan… »), suivi de la copie de quatre lettres : sa longue réponse à Jean de Montreuil, les deux lettres de Gontier Col et sa réponse à ce dernier. Elle s'est fait le plaisir de laisser de côté le « petit traité » initial de Jean de Montreuil – après tout, elle n'en était pas la première destinataire.

Elle a intitulé l'ouvrage : *Le Livre des épîtres du débat sur le* Roman de la Rose. Finesse tactique et sens dramaturgique : elle a choisi d'ouvrir le recueil sur la première lettre de Gontier Col, pour permettre à la reine de bien comprendre l'histoire et se faire une idée de la condescendance de ses adversaires. Nul besoin de commentaire, la prose de Col est assez claire !

Rendre la querelle publique en prenant la reine à témoin : tel était donc son plan. Aujourd'hui, cela semble banal. En 1402, c'est une première. Briser ainsi les codes, il fallait y penser – mieux : il fallait oser.

Christine sait exactement ce qu'elle fait. Elle connaît les usages de la cour. Isabeau de Bavière ne lira pas elle-même le texte de Christine : elle se le fera lire à haute voix, en présence d'autres courtisans. À partir de quoi, la rumeur pourra courir la ville. Qui sait ? Si la reine apprécie son audace et accepte de prendre parti, elle pourra elle-même en faire réaliser quelques copies, à ses frais. Mais ne rêvons pas trop. Quoi qu'il en soit, songe Christine, cette présentation à la cour devrait suffire à clouer le bec à ses adversaires, et à l'installer dans le paysage littéraire. En pleine lumière !

Elle gratte un dernier mot (on dit : « canceller ») pour le remplacer par un autre plus heureux, et referme le livre. Il est temps de revoir l'autre exemplaire, celui qu'elle enverra au prévôt de Paris, Guillaume de Tignonville. À lui aussi, elle a écrit une longue dédicace, pour demander sa protection : n'est-il pas juste dans une querelle, écrit-elle, que celui qui représente l'autorité protège la partie la plus faible afin que le verdict soit équitable ?

Ce n'est pas seulement pour sa fonction de chef de la police qu'elle a choisi Tignonville. Il est proche des Élégants, ces chevaliers poètes que Christine côtoie parfois. Il fraie aussi avec les humanistes, dont il partage le goût pour les livres anciens. En un mot : voilà un homme que ce débat (« bienveillant et non haineux », précise Christine, qui ne veut pas jouer les victimes) ne laissera pas insensible, et qu'il importe d'avoir dans sa poche. En donnant son livre à la reine, elle porte l'attaque ; avec Tignonville, elle devance la riposte de ses contradicteurs : sur l'échiquier tout neuf du Paris littéraire, elle avance ses pions et prépare la victoire.

Quelle fut la réaction d'Isabeau de Bavière au cadeau de Christine ? Je mentirais si j'avançais une réponse. La reine, on le sait, lui fera bientôt don d'un hanap d'argent[1]. Et Christine a dû se sentir mise en confiance, car quelques jours plus tard, alors qu'approche la Saint-Valentin, la voilà qui se lance dans un nouveau poème.

Dans les premiers vers, elle s'amuse à singer la Cour Amoureuse tenue à l'hôtel de Bourgogne un an plus tôt. Elle place la scène à la cour du duc d'Orléans (toujours flatter son protecteur), décrit les fastes d'une soirée entre gens de bonne compagnie – lorsque soudain, malgré les portes fermées, *une dame de grant noblesse* fait son entrée dans la salle, entourée de nymphes. C'est la déesse Loyauté, qui vient enjoindre les *vrais amants* à toujours respecter l'amour et s'assurer du consentement des femmes. Passant en revue les tables, elle dépose dans chaque verre une rose : c'est ainsi qu'elle annonce la création de l'ordre de la Rose, réservée aux loyaux défenseurs des femmes, et dont elle fait de Christine la gardienne sur Terre, avant de rejoindre les cieux d'où elle est apparue.

Jamais encore clou n'avait été si élégamment enfoncé dans une querelle littéraire. Trois ans après son *Épître au dieu d'Amour*, Christine s'affirme publiquement comme la championne de *l'onneur et louenge* des femmes. Mieux : en s'appropriant le symbole de la rose, elle se proclame

---

1. Le hanap, qui disparaîtra deux siècles plus tard, est une sorte d'intermédiaire entre le verre et le vase, surmonté d'un couvercle. Parfaitement inutile, donc suprêmement symbolique. Ce n'est pas le premier hanap que recevra Christine, et ce n'est pas le dernier. Lui arrivait-il de les revendre ? De les donner à son tour à quelqu'un à qui elle devait une faveur ? Les sources médiévales manquent souvent de détails de ce genre.

unilatéralement vainqueure du débat. Vengées, les dames injustement diffamées ! Ridiculisé, Jean de Meun !

Échec et mat en deux coups. Ce 14 février 1402, Christine de Pizan se couche avec le sentiment d'avoir remporté une grande victoire. Quelques semaines plus tard, elle apprendra que son fils s'apprête à prendre la mer pour rejoindre la France. Tout cela était-il inscrit dans les astres ? De là où il est, Thomas de Pizan ne peut que se réjouir, lui qui sait pourtant que la roue de la fortune, comme les planètes, ne cesse jamais de tourner.

Mars – novembre 1402

Que ce doit être cruel de s'être toujours vu comme un avant-gardiste et d'être débordé par une vague qu'on n'avait pas vue venir. Depuis plus de vingt ans, Jean de Montreuil et ses amis revendiquent leur statut de minoritaires : être dans le vent, c'est d'un vulgaire ! L'humanisme est une contre-culture, une élite, un poste avancé de la pensée, et ils en sont fiers.

Mais être minoritaire et être mis en minorité dans un débat public, fût-il littéraire, ce n'est pas la même musique. Il a beau ne voir en Christine qu'une simple courtisane, il doit bien reconnaître qu'en bousculant les usages, elle a remporté la manche. Alors il enrage, et il rêve de revanche. Hors de question de laisser passer l'affront ! Et s'il faut pour cela recourir à quelque bassesse, eh bien : il y est prêt.

Comme un cavalier remonterait sur son cheval après une chute, Jean de Montreuil reprend la plume, en quête de nouveaux alliés. Qu'ils osent donc s'afficher au grand jour, les défenseurs de Jean de Meun ! Et qu'ils viennent dénoncer publiquement l'arrogance démesurée avec laquelle certains aboient contre le *Roman de la Rose* sans l'avoir lu ! *O tempora, o mores*, disait Cicéron – qu'ils sont donc tristes, ces temps où la morale prime sur le génie…

Dans l'une de ces lettres, destinée à un poète que Jean sait admirateur du *Roman* et de son auteur, il cite expressément *cette femme Christine*, qui pousse la perfidie jusqu'à *livrer ses écrits au public.* Christine, cette femme *qui ne manque pas d'esprit*, concède-t-il, avant d'ajouter dans une incise : *ut est captus femineus* – « pour autant qu'une femme puisse en avoir ».

Eh bien, Jean ? Depuis plus de deux ans que je le côtoie, je l'ai vu prétentieux, vaniteux, obséquieux, envieux, agressif, hautain, taquin, sûr de lui et hésitant, orgueilleux toujours, faux modeste et sincère, prévenant ou menaçant, maladroit souvent, convaincu d'être à la fois trop pur et trop en avance, mettant toujours à l'honneur d'autres que lui en restant convaincu qu'un jour sa singularité éclatera. Bref : un homme de son temps.

Jamais cependant, en plus de cent lettres, je ne lui avais trouvé un seul propos ouvertement misogyne – on l'a même vu prendre la défense de la femme de Gontier. Et voilà qu'une seule contrariété causée par une écrivaine a suffi pour faire sauter toutes les digues. Vexé d'avoir été contredit, le prévôt de Lille attaque sous la ceinture, sacrifiant à ce rite masculin qui, depuis les thermes romains jusqu'à Twitter, consiste à resserrer les rangs sur le dos des femmes.

Pour autant qu'une femme puisse en avoir. Plus qu'un jugement, c'est un clin d'œil. Un cri de ralliement entre pairs, entre frères. Toute une éducation de clerc qui remonte à la surface, toutes ces années d'interne à Navarre, où l'on n'apprenait pas aux jeunes novices à être des hommes, mais où on leur rappelait régulièrement qu'ils étaient l'élite et surtout: qu'ils n'étaient pas des femmes – ces créatures insaisissables, victimes de leurs humeurs et dont Aristote et Thomas d'Aquin ont brillamment démontré l'infériorité. Des années de vitupération, de sous-entendus graveleux et de blagues salaces pour masquer la terreur que les femmes leur inspiraient. Puis, adultes, ces petites saloperies déguisées en mots d'esprits («C'est de l'humour, Christine!»), le genre de plaisanteries qui se veut au second degré et qui vous salit un peu, dans les dîners en ville, quand vous le laissez passer sans rien dire – et bien sûr qu'on ne dit jamais rien, Allez, quoi, on s'amuse, si on ne peut plus rigoler...

Pour autant qu'une femme puisse en avoir. En lisant Christine, poursuit Jean de Montreuil, *il me semblait entendre la courtisane grecque Leontion qui, comme nous le rappelle Cicéron, osa écrire contre le grand philosophe Théophraste.* Leontion? Je n'en avais jamais entendu parler. Je me suis renseigné. Courtisane en effet, maîtresse d'Épicure, c'était une femme de culture – une hétaïre, disait-on à l'époque; une *meretrix*, écrit presque pudiquement Jean de Montreuil – mais vas-y, Jean, dis-le, on sent que ça te démange: une pute!

Mais Jean n'en veut pas seulement à Christine. Il s'en prend aussi à tous ces clercs qui, maintenant que l'affaire est sur la place publique, devraient se lever pour soutenir Jean de Meun, et qui se taisent pour d'obscures raisons (un complot des ordres mendiants, peut-être ?). Qui reste-t-il donc pour démonter les arguments de ces moralistes au petit pied, si prompts à dénoncer chez autrui les faiblesses qu'ils refusent de voir en eux-mêmes ? Allez, poète, conclut Jean, ne m'en veux pas si je te tutoie, et rejoins le camp de la vraie vérité !

Au cours du printemps, les quelques compères qu'il a pu rallier font circuler leur propre version du texte de Christine pour mieux la réfuter. Une version qu'ils expurgent soigneusement de tout élément qui permettrait d'identifier l'autrice, passant même au masculin tous les accords d'adjectifs – il ne s'agirait tout de même pas de faire de la pub à Christine, ni de laisser entendre qu'ils ferraillent contre une femme ! Ils en profitent aussi pour faire disparaître les passages qu'ils estiment trop offensants pour leur grand maître : la *cancel culture* n'est pas toujours où l'on croit.

Reste à trouver un nouveau héraut de la vérité pour relancer l'affaire. Pour Jean de Montreuil, pas question d'y retourner : il a déjà donné, il veut rester à la manœuvre, mais dans l'ombre. Gontier, lui, ne veut plus en entendre parler. Il a une fille à marier, et des affaires à mener. Le poète, lui, ne saisira pas la perche tendue par Jean de Montreuil. C'est l'heure où l'on fait donner les seconds couteaux, les hommes fidèles qui ont plus de temps que de talent. Un homme qui aurait suivi le groupe depuis le début mais dont la carrière serait moins flamboyante, par exemple, et qui n'aurait rien contre un rai de lumière. Un homme de ce profil, ça tombe bien, ils en ont un sous la main. C'est le propre frère de Gontier, Pierre, qui va s'y coller.

*

En cette fin d'été 1402, Christine est bien loin du *Roman de la Rose*. Elle s'est remise à la *Mutation de Fortune*, désormais bien avancée. Mais elle a aussi mis sa plume au service d'un autre projet : trouver une place pour son fils. Car oui, sa ruse a fonctionné : Jean est revenu !

Elle avait laissé un enfant, elle a retrouvé un jeune homme. Le bonheur des retrouvailles fut intense, mais il a vite laissé place à une inquiétude de mère. Comment lui assurer une situation digne de l'éducation qu'il a reçue à la cour d'Angleterre ? Un prince français accepterait-il de le prendre sous son aile comme naguère le comte de Salisbury ?

Elle a adressé une ballade enflammée au duc d'Orléans pour lui vanter les qualités de son fils. Elle avait préparé le terrain avec ses livres, mais cela n'a pas suffi. C'est que la France, au-delà des déchirements de son élite, n'a jamais produit autant de têtes bien faites : le duc a beau être prodigue, les places sont chères pour entrer à son service ! Sans compter que lorsqu'il n'est pas occupé à contenir les velléités de ses oncles, il échange par courrier des provocations avec Henry de Lancastre. Louis d'Orléans se sent à l'étroit dans son costume, dans son duché, dans son rôle de frère-du-roi et de régent officieux. Les fêtes dans son palais ne lui suffisent plus, il rêve de titres, et d'aventure. Devenir empereur, par exemple. Ou à défaut, reprendre la guerre avec l'Angleterre. À quoi le jeune Castel-Pizan, qui n'a que seize ans, pourrait-il bien servir dans cette entreprise ?

Mais le duc a une autre idée : et si Christine et Jean allaient s'installer chez son beau-père, en Italie ? Galeas Visconti, l'ambitieux duc de Milan, lui propose une rente à vie si elle lui fait l'honneur de venir s'installer à sa cour et de profiter de sa bibliothèque – une des plus grandes d'Europe, dit-on. Tentant ! Mais c'est en France que Christine s'est construite, c'est en France qu'elle a aimé, c'est en français qu'elle veut écrire…

Alors elle active d'autres contacts à Paris. Elle loue, dans des poèmes inédits, les exploits des chevaliers dans un grand tournoi organisé en Guyenne contre leurs homologues anglais. À la cour de Bourgogne, on lui a fait miroiter une place pour Jean, mais du bout des lèvres. Elle ne s'en cache pas : elle est déçue.

Elle est encore en pleine incertitude quand lui arrive une longue, très longue lettre de Pierre Col, chanoine de Notre-Dame.

Pardonne-moi si je m'adresse à toi en te tutoyant (Christine n'en peut déjà plus de ce tic humaniste), *car je le fais pour montrer que cette réponse est dictée par de bonnes dispositions – à savoir, par la volonté de te ramener dans le droit chemin.*

Je doute que Christine soit du genre à lancer des jurons à haute voix, mais je ne serais pas surpris qu'elle l'ait fait ici, avant la fin de la première page de cette lettre qui en contient des dizaines. Cinquante feuillets remplis d'arguments alambiqués, souvent spécieux, promettant des démonstrations éclatantes qui ne viennent jamais, ne craignant pas de se contredire d'une page à l'autre, un monument bancal à la gloire de Jean de Meun, dont le jeune frère Col se veut modestement *le moindre parmi les disciples*. Ah, maugrée Christine, cette vieille passion des hommes pour se soumettre à d'autres hommes ! Ce qui n'empêche pas Pierre Col d'étaler sa science en multipliant les citations, et de se regarder écrire jusqu'à en perdre le fil de son argumentation.

Qu'ai-je donc fait pour mériter ça ? soupire Christine. Elle en viendrait presque à regretter le succès de son coup d'éclat de février. Les critiques de Jean de Meun ne manquent pas dans tout Paris, et certains de haut rang, mais qui les humanistes viennent-ils chercher ? Elle, encore elle. Ah, ils sont beaux, ces preux défenseurs du maître qui préfèrent une simple femme comme adversaire. Ainsi comprend-elle, en 1402, ce qu'ont compris à leurs dépens toutes les femmes qui aujourd'hui prennent la parole pour ébranler l'ordre établi : on ne leur laissera jamais la paix.

Alors oui, dans un accès de découragement, elle pense à Milan. Plus près de Dante, et loin de Jean de Meun.

Elle pourrait revoir ses frères, soulager sa mère, oublier les soucis d'argent. Pourquoi ne pas partir ?

En attendant, la lettre de Pierre Col est encore là, sur sa table. Elle aimerait n'y répondre que par le mépris. Mais déjà des formules lui viennent en tête (*Mère de Dieu ! Est-il donc l'égal de Jésus-Christ ou de la Sainte Vierge, votre Jean de Meun ?*). Et puis, il y a ces phrases blessantes qu'elle ne veut pas laisser passer : *Quelle outrecuidance suprêmement folle ! Quelles paroles intempestives sorties à la légère de la bouche d'une femme !*

Elle se donne quelques jours de réflexion – elle a tellement mieux à faire. Cherche-t-elle la réponse dans les astres, le soir à la fenêtre de son étude ? Elle y verrait sans doute que le destin, une nouvelle fois, a choisi pour elle. Dans le courant du mois de septembre, on apprend que la peste sévit dans le Milanais, et que Galeas Visconti y a succombé. Envolé, le point de fuite !

Alors Christine n'hésite plus. Elle prend la plume et démonte, un à un, les arguments de Pierre Col. Il a voulu la noyer sous les raisonnements ? Elle va dénicher chaque approximation, chaque affirmation péremptoire, chaque sottise. Mordante mais courtoise, sèche et précise, elle puise son énergie dans le souvenir des heures, des jours, des années que des hommes lui ont fait perdre. Mais à peine est-elle arrivée au milieu de sa réfutation qu'elle s'ennuie, et présente par avance ses excuses pour cette lettre *qui ennuiera aussi les personnes qui la liront*. À quoi bon débattre ? Pierre Col, elle le sait, restera confit dans ses certitudes. Alors elle accélère, plus tranchante que jamais. *Tu récites ? Je réplique.* Parvenue au bout de sa lettre, elle conclut, pour elle-même autant que pour Pierre Col : Reste donc disciple de la rose si ça peut te faire plaisir. *Quant à moi, je n'ai plus l'intention de m'exprimer sur ce sujet, quoi que l'on m'écrive, car je n'ai pas entrepris de boire toute la Seine ! Je préfère m'occuper d'autres sujets qui me plaisent davantage.* Allez, sans rancune, Pierre, et que la Sainte-Trinité te montre la sagesse pour te conduire à la joie céleste. *Amen.*

Le 2 octobre, elle pose enfin le point final à son texte. Une bonne chose de faite, songe-t-elle. Et maintenant, dormir, avant de reprendre les œuvres en cours.

Mais trois jours plus tard, l'énergie n'est pas revenue. Est-ce d'avoir décrété la fin de cette histoire, qui l'aura occupée plus d'un an ? Est-ce de prendre pleinement conscience que ni elle ni son fils n'iront à Milan ? Est-ce l'état de ce monde où les chrétiens s'entre-tuent ? La tristesse de Paris où les ducs ont déjà repris leurs chicaneries ? Un immense chagrin s'est abattu sur elle. Toute la journée, elle a tenté de le tromper en travaillant ; rien de bon n'est venu. Alors, le soir, elle fait allumer des torches dans sa petite étude, et elle se plonge dans le seul ouvrage qui puisse lui offrir le moindre réconfort : *De la Consolation de la philosphie*, de Boèce – ce dialogue du VIe siècle entre l'auteur, prisonnier d'un roi qui l'accuse de complot, et Dame Philosophie qui vient le visiter dans sa cellule. Son père en possédait une version en latin, mais elle le lit plus volontiers dans sa version française. Sait-elle qui en est le traducteur ? Elle le sait, j'en suis certain : c'est Jean de Meun. Peu importe : ce sont les livres qui comptent, pas leurs auteurs. Jean de Meun l'aurait approuvée sur ce point, n'en déplaise à ses zélateurs.

Elle lit. S'apaise. Qu'ils semblent loin, soudain, Pierre Col et Jean de Montreuil ! Et peu à peu, une idée lui vient. C'est un nouveau livre qu'elle entrevoit, qu'elle pourrait dédier à Charles VI lui-même et qui brosserait le portrait d'un souverain guidé par la sagesse. Un traité où, comme chez Boèce, elle se mettrait en scène dans un dialogue avec une divinité qui lui révélerait les vérités que l'on peine à voir. Un livre où elle pourrait aussi raconter comment elle, femme, a entrepris le long chemin vers le savoir, ce choix qu'elle a fait de vivre parmi les livres et d'oser écrire ce qu'elle pense, quoi qu'en disent les prévôts, les chanoines et les secrétaires royaux. Ce sera *Le Chemin de longue étude*.

Désormais, se dit Christine, elle ne répondra plus aux accusations. Elle ne veut plus avoir à se défendre, elle veut choisir son terrain d'attaque. Cette liberté qu'elle s'octroie sera sa victoire. Elle s'était lancée dans ce débat en lectrice ; c'est une autrice qui vient de naître.

Dans quelques jours, Pierre Col lui enverra une nouvelle lettre. Elle n'y répondra pas. Elle n'a plus de temps pour ça.

24 décembre 1402

Il y a foule en place de Grève, en ce dernier dimanche de l'Avent. L'hôtel de la ville et les bâtiments alentour se sont parés de houx. À l'intérieur de l'église Saint-Jean-en-Grève, chapeaux et houppelandes sont de sortie, les bancs sont déjà bien garnis. On est venu fêter Noël. On est aussi venu entendre, live, le sermon du chancelier de Notre-Dame : Jean Gerson. Événement ! Depuis début décembre, il s'est lancé dans une grande série sur les péchés capitaux. Ce dimanche, dit-on, il parlera de luxure – on a hâte. Et on murmure qu'il pourrait évoquer ce *Roman de la Rose* qu'on n'a pas lu mais dont on a entendu parler…

Gerson, nous l'avons déjà croisé, furtivement. Il était étudiant au collège de Navarre, dans les années 1370 et 1380. Venu des Ardennes, il y est arrivé comme boursier un an après Clamanges – quatre ou cinq ans après Jean de Montreuil, donc – et il n'a pas tardé à s'y faire remarquer par la clarté de son esprit et la fluidité de son latin.

De tous les élèves de cette génération, il fut le premier à produire (à dix-huit ans!) un texte qui, enfin, se hissait au-dessus de la cheville de Pétrarque. Dix ans plus tard, il prononçait déjà des sermons devant le roi. Reçu docteur en théologie en 1394, il est devenu dès l'année suivante chancelier de l'université de Paris. Il n'a pas encore quarante ans, et il est déjà reconnu comme l'un des plus grands esprits de l'époque.

Il aurait pu faire partie du groupe des humanistes. Il a fait un autre choix: celui de l'institution. Pendant que Montreuil et Clamanges ne cessent de célébrer l'*otium* et de s'écrire en imitant les grands Anciens, Gerson tient la barque et produit des circulaires entre deux œuvres de haute théologie. L'Église a décrété que la masturbation était un péché contre-nature? Il rédige un petit traité contre les pollutions nocturnes des adolescents, et un vade mecum tactique pour aider les confesseurs à faire avouer leurs péchés à leurs ouailles. Je m'égare? Pas tant que ça. Nature ou contre-nature, la question est au centre du *Roman de la Rose*. Elle traverse aussi les questionnements de l'Église en ce début de XVe siècle, où l'on prône le réarmement démographique après l'hécatombe des épidémies de peste. Sodomie, masturbation, continence = péché!

Mais je m'en voudrais de m'arrêter à cela. Si, dans ses fonctions, Gerson fait appliquer le dogme, il ne cesse de le questionner dans ses écrits. Dimanche après dimanche, il prêche la vie bonne et juste auprès de simples paroissiens comme auprès des princes, dans des sermons qui peuvent durer des heures mais qui savent captiver leur auditoire. Car Gerson n'assomme pas les foules avec les Écritures. Il n'en appelle pas seulement à la raison mais aussi aux émotions, il vulgarise, il théâtralise, se réfère volontiers aux cinq sens sans jamais oublier le sixième, qu'il nomme: le cœur. Son savoir est immense, mais il sait le tenir à distance.

«Au dernier jour on ne vous demandera pas ce que vous avez su, mais ce que vous avez fait», lui a-t-on fait dire. Gerson est ce genre d'homme qui vit en accord avec ses principes. En 1399, las de voir les princes se presser à ses prêches et n'en rien retenir, il a quitté Paris pour voir du pays. C'est à Bruges que Philippe de Bourgogne est allé le rechercher, pour le prier de reprendre du service. Depuis, sa réputation parmi le peuple de Paris n'a fait que croître. Gerson, dit-on, il parle vrai.

Tous les ingrédients sont réunis pour une scène finale. Je pourrais montrer Gerson, sortant de la sacristie, montant en chaire en jetant un coup d'œil à l'assistance, reconnaissant quelques personnalités au premier rang. Il y verrait Christine d'un côté, avec son fils. Jean de Montreuil de l'autre côté, venu seul. On entendrait les murmures de l'assistance – «Vous croyez qu'il va prendre position, pour ou contre le *Roman de la Rose*?»

Ce serait possible, en théorie. Jean et Christine habitent tous deux à six cents mètres de la place de Grève – un terrain neutre, équidistant, c'est parfait. Je sais aussi que tous deux connaissent Gerson, et le tiennent en haute estime. Christine l'a cité, deux mois plus tôt, dans sa réponse à Pierre Col; on raconte même que Gerson lui aurait personnellement confié des livres. Jean de Montreuil, lui, le connaît depuis longtemps. Et il l'admire. Voilà quinze ans qu'il conseille à ses étudiants de lire Gerson, et on sait qu'il lui arrive de l'écouter prêcher pour s'imprégner de son éloquence.

Gerson a entamé son discours. Il a convoqué Cœur, Bouche, Œil, Goût, Odorat et Ouïe, qui chacun leur tour questionnent Raison sur la luxure et la chasteté... Mais n'abusons pas du suspense. Je pourrais faire monter la tension, imaginer un jeu de regards entre Christine et Jean à mesure que progresse le sermon. Je pourrais, oui, ce serait beau. Et ce serait faux. En réalité, parmi les lettrés qui ont suivi la querelle, chacun sait déjà de quel côté penche le chancelier.

Depuis le début, Gerson a été dans le camp de Christine. Ou plutôt: contre Jean de Meun. C'est lui qui, en août 1401, a prononcé ce discours devant les anciens de Navarre qui a tant chagriné Jean de Montreuil. En mai 1402 (était-ce pour s'amuser? pour appuyer Christine?), il a écrit à son tour un traité contre le *Roman de la Rose*, égrenant huit chefs d'accusation contre le Fol Amoureux.

Et il y vient, justement, au *Roman*. Par trois fois, dans ce prêche de Noël qui met en scène vices et vertus, Raison reniera les propos que Jean de Meun lui a fait tenir dans le *Roman de la Rose*. Plus loin, il convoquera le souvenir des Turlupins, cette secte d'adeptes du libre esprit pour qui rien de ce qui est naturel ne devrait être honteux, mais qui s'est perdue dans l'exhibitionnisme et les farces de mauvais goût. Non, conclut-il, Jean de Meun ne nous a pas montré les vices pour mieux nous en éloigner, comme d'aucuns voudraient nous le faire croire. *Si j'avais une copie unique du* Roman de la Rose *qui vaille mille livres*, assène-t-il, *je la brûlerais plutôt que de la vendre ou de la faire circuler comme cela se fait.*

Il n'appelle vraiment pas à brûler le livre, non. Il n'est pas question de bûcher. Montreuil et les autres ne pourront pas hurler à la censure. Mais Jean Gerson condamne bien les propos du *Roman de la Rose*, et sa sentence est irrévocable.

Les cloches de l'église sonnent. Christine a gagné.

Dans les jours qui suivent, Gerson écrira à Pierre Col, dont il est le supérieur hiérarchique, pour relever ses « erreurs extravagantes » dans sa lecture du *Roman*, et le prier très charitablement de bien vouloir désormais la fermer, d'éviter les faux scandales et de se consacrer à des études plus saines. *Game over.*

La querelle du *Roman de la Rose* est terminée. Christine et Jean ne peuvent savoir que des universitaires, un jour, en feront l'acte de naissance de la littérature française – la toute première polémique en français à propos d'un texte écrit en langue française ! Ils ne peuvent pas non plus savoir que si les temps sont durs en cet hiver 1402, ils ne vont pas tarder à les regretter.

IV

LA GUERRE

Les querelles littéraires sont un luxe de temps de paix. Christine et Jean ont connu la maladie, ils ont frôlé la mort de près, mais Paris, jusqu'ici, restait à l'abri derrière ses murailles. Quand commence l'année 1403, pourtant, la mort rôde à nouveau autour de la capitale. Cette fois ce n'est pas la peste qui menace, c'est la guerre, et la pire de toutes : la guerre civile. Celle où tous les coups semblent permis. Celle où toutes et tous sont impliqués. Celle où seule compte la victoire.

Mais au fait, qu'est-ce qu'une victoire ? Si Christine a remporté le débat du *Roman de la rose*, ses détracteurs ont-ils vraiment perdu ? En octobre 1402, quelques mois à peine après avoir été affiché par Christine dans le recueil offert à Isabeau de Bavière, je découvre que Gontier Col est nommé trésorier de la Couronne… par la reine elle-même. Il aurait acheté sa charge pour soulager les finances royales – les lettres valent bien peu quand les chiffres se comptent en milliers de livres. Quant à Jean de Montreuil, je le retrouve en 1403 tel qu'avant la querelle, écrivant aux uns pour dénicher un manuscrit latin, aux autres pour se plaindre de la médiocrité de ses contemporains. L'humanisme se porte bien. Et quand un cardinal lui propose une promotion au sein de l'Église, il préfère décliner : il a déjà deux maisons, des livres, des domestiques ; qu'a-t-il besoin de plus d'honneurs qui entraveraient sa liberté et l'exposeraient aux jalousies ? Ce que voudrait Jean, c'est du temps pour écrire. Il a abandonné son florilège de proverbes mais il n'a pas renoncé à ses ambitions littéraires. L'horloge tourne, mais il le sent, il le sait : son heure viendra.

Christine, pour sa part, a conquis le droit de jouer dans la cour des grands, de ceux qui écrivent en prose. Mais à quoi bon être admise dans cette cour si les grands ne veulent pas jouer avec vous ? Personne, parmi les humanistes, n'a répondu sur le fond de sa lettre à Jean de Montreuil. Le chancelier Gerson l'a bien citée dans un de ses écrits, et il a recadré Pierre Col – mais face aux partisans du *Roman de la rose*, il a surtout joué sa partition personnelle. Christine l'a compris : elle ne sera jamais invitée à participer aux débats enflammés autour de Cicéron, Horace et les autres. Elle a été la première en France à parler de Dante, mais jamais on ne la créditera pour cela. On retiendra son premier traducteur en français : Laurent de Premierfait – grand ami de qui ? de Jean de Montreuil. Pour le dire autrement : elle a gagné un statut d'autrice. Le statut d'auteur, avec toute l'autorité qu'il confère, lui demeure interdit.

Alors Christine se remet au travail en creusant le sillon personnel qu'elle avait commencé à tracer avant la querelle. Elle met la dernière main au *Chemin de longue étude*, où elle glisse encore quelques piques à ses adversaires. Ceux-ci l'auront-ils lu ? J'en serais étonné. Mais je parie que Jean se tient au courant des publications de celle qui, venue de nulle part, a osé le défier publiquement.

À l'été 1403, Christine de Pizan achève enfin *Le Livre de la Mutacion de Fortune*. Vingt quatre mille vers : plus long que le *Roman de la rose* ! Près de quatre ans de travail trouvent enfin un point final. Mais à qui le proposer ? Le 1er janvier 1404, pour diversifier sa clientèle, elle l'offre en étrennes au duc de Bourgogne, Philippe le Hardi. Excellente intuition ! Quelques semaines plus tard, le duc demande à la voir.

Elle se rend à l'hôtel d'Artois, là où deux ans plus tôt s'était tenue cette Cour d'Amour où les femmes n'étaient pas conviées, et le prince la couvre d'éloges.

– On m'a dit que vous admiriez mon frère, le roi Charles V, dit-il. Je cherche une plume sûre pour raconter son règne et dire quel homme il était. L'accepteriez-vous ?

Une commande, une vraie, venue d'un prince de sang ! La mission est d'un prestige exceptionnel. La voilà érigée en biographe officielle d'un roi de France : jamais une femme n'avait eu cet honneur.

– Vous pourriez évoquer des faits que vous avez connus, interroger des témoins, poursuit le duc. Pour le reste, n'hésitez pas : ma bibliothèque vous est ouverte. Ah, et on m'a dit que votre fils cherchait une place ? Dites-lui donc de venir, on va le mettre à l'essai.

Christine s'attelle sans tarder à la tâche. Elle a prévu un plan en trois parties pour raconter qui était Charles V, tout en brossant le portrait de ce qui constitue, pour elle, le prince idéal : noble de cœur, sage et chevaleresque. Trouve-t-on seulement un homme en France qui réunisse encore ces qualités ?

À la fin du mois d'avril, le premier tiers est terminé. Christine le fait mettre au propre pour livrer le texte à son commanditaire. Mais à peine la copie est-elle achevée qu'on apprend que Philippe le Hardi, dans sa soixante-deuxième année, a succombé à une épidémie lors d'un déplacement en Flandre. Capricieuse fortune, décidément ! Après le comte de Salisbury, après le duc de Milan, Christine a l'impression que le sort s'acharne contre elle. En vérité, c'est le royaume tout entier qui va bientôt comprendre que la mort de Philippe de Bourgogne est une malédiction. Car celui qui lui succède, son fils Jean, dit Jean sans Peur, n'a pas attendu de prendre le titre de duc pour se faire connaître, à Paris et ailleurs. Dans l'entourage de Louis d'Orléans, son cousin et rival, on craint déjà le pire, mais on se trompe. Ce sera pire encore.

Jean sans Peur a gagné son surnom à la bataille de Nicopolis, en 1396, face aux Ottomans. Il avait vingt-cinq ans, aucune expérience, mais son père avait financé l'expédition : n'était-il pas légitime à commander la bataille ? On lui rétorque que les Hongrois connaissent mieux le terrain et l'adversaire sarrasin, on l'exhorte à la prudence. Jean balaie ces arguments, brocarde ces couards qui refusent le combat. En avant! Le résultat sera un désastre, la défaite humiliante. Jean est fait prisonnier en même temps que des dizaines de chevaliers français. Leur libération coûtera une fortune, mais que sont quelques millions quand on vient de gagner un surnom?

Jean de Bourgogne est un héritier sans complexe. La défaite? Une erreur de jeunesse. La rançon faramineuse? Une preuve de son mérite. De l'Ancien Régime à la Ve République, l'histoire de France est parsemée d'hommes comme lui, forgés par les folies de leur temps et qui imposent leur volonté de puissance pour infléchir le cours des événements. Jean sans Peur, vous le connaissez: c'est le type qui se voit au-dessus de toutes les lois, celui qui vous bouscule sans s'excuser. Celui qui pique, qui menace, qui harcèle, s'offusque dès qu'on ose l'attaquer. On lui oppose la loi? Il dénonce la partialité des juges. On lui propose une médiation? Il fait ravager les campagnes près de la capitale pour peser sur les négociations. Jean sans Peur aime se battre, et souvent l'on se couche devant lui. Il est de ceux qui vous font comprendre, très vite, que rien ne l'arrêtera tant qu'on ne lui aura pas abandonné le pouvoir. Le pur langage de la force.

Les qualités d'un roi, fût-il son oncle Charles, chantées par Christine de Pizan? Il s'en fiche. D'ailleurs, dit-il, il n'a rien commandé lui-même, il ne voit pas pourquoi il paierait. Il finira par le faire deux ans plus tard, et de manière détournée: les livres de comptes de l'hôtel de Bourgogne font état d'une aumône de cent écus *pour employer au mariage d'une sienne nièce qu'elle a mariée*. Grand seigneur ! Les Jean sans Peur d'hier et d'aujourd'hui préfèrent toujours jouer les mécènes plutôt que payer ce qu'ils doivent.

Bourgogne contre Orléans acte II. Tandis que le roi Charles VI se réfugie de plus en plus souvent dans la folie, les années à venir seront celles de l'affrontement de deux cousins, deux trentenaires ambitieux que tout oppose. À ma gauche : Louis d'Orléans, frère cadet du roi et régent officieux. Il a placé des fidèles à tous les postes stratégiques et garde la main sur le Trésor royal. À ma droite : Jean sans Peur veut le pouvoir qu'on lui refuse ; rien d'autre ne l'intéresse.

Louis d'Orléans gère les affaires, celles du royaume et les siennes, et les deux coûtent cher. Il lève des impôts, devient impopulaire. Jean sans Peur, lui, invente le populisme. Il promet qu'avec lui les taxes baisseront et fait courir les pires fake news : Louis d'O. et Isabeau couchent ensemble ! Le petit dauphin est laissé à lui-même, abandonné dans sa crasse ! Provocations, menaces, intimidations : le nouveau duc de Bourgogne ne recule devant rien. Quand il descend à Paris, c'est avec une armée – pour se protéger, assure-t-il. Car bien sûr, dans cet affrontement qui afflige les Parisiens et le royaume tout entier, chacun prétend qu'il ne fait que répliquer à la violence de l'autre.

Louis d'Orléans n'est pas en reste. Il n'aime déjà pas partager le pouvoir ; le voilà maintenant qui divise par trois les sommes que le Trésor royal octroie à son rival. Depuis son duché, Jean sans Peur enrage. L'heure est venue où les partis deviennent des clans, où la tolérance cherche un refuge, où les querelles s'étalent sur la place publique. Louis adopte comme emblème un bâton noueux, comme s'il était prêt à frapper ; Jean sans Peur aussitôt adopte le rabot, pour mieux aplanir son rival. Louis se choisit une devise : *Je l'ennuie* (lire : « je l'emmerde ») ; Jean réplique avec *Je tiens* (lire : « viens un peu me chercher ») – je n'invente rien, et ça ne fait que commencer. Déjà les armes s'aiguisent, et la Seine déborde des menaces qui pleuvent.

C'est l'un de ces moments dans l'histoire où chacun doit choisir un camp.

Jean de Montreuil et Gontier Col ont choisi le leur. Secrétaires du roi, ils travaillent aussi pour Louis d'Orléans. Jean lui prête sa plume ; Gontier s'occupe des finances.

Christine, elle, tente de rester au-dessus de la mêlée. Son parti à elle, c'est celui de la concorde. Et plus encore : celui des femmes. Quand les deux ducs lancent à nouveau des soldats autour de Paris, elle écrit à la reine Isabeau, l'exhorte publiquement à se poser en arbitre *pour rétablir la paix civile*. L'effet sera limité : sans poids politique, sans force armée, épuisée par une dixième grossesse, la reine est dépassée. Mais Christine ne renonce pas. Elle s'engage. Il est loin, le temps où elle n'écrivait que pour la cour ! Désormais, elle fait copier ses textes quatre par quatre pour aller plus vite et satisfaire la demande, elle en supervise elle-même l'édition – et tant pis si subsistent quelques coquilles, l'essentiel est ailleurs. Elle n'écrit pas pour qu'on lui dise que c'est joli, non, elle a des messages à délivrer, et une œuvre à poursuivre. Elle l'assume désormais : ses textes *présenteront perpétuellement au monde [sa] mémoire devant les princes et par l'univers en toutes places.*

Le livre qu'elle promet ainsi à la postérité, en 1405, sera son chef d'œuvre : c'est *La Cité des dames* – cette ville de papier dans laquelle toutes les femmes, des princesses aux prostituées, pourront venir se réfugier. Non, écrit-elle, la femme n'est pas par nature inférieure à l'homme ! Pour mieux démonter les préjugés les plus tenaces, elle convoque des femmes exemplaires de l'Antiquité jusqu'à l'histoire récente – reines et savantes, artistes et amazones, saintes et courtisanes. Elle écrit à en perdre le sommeil et l'appétit, elle pense aux femmes d'hier et de son époque – et elle conclut avec une dernière parole de défi contre les ennemis qui les menacent. Ces mots qui referment ce livre immense, je les lis alors qu'au tribunal de Paris l'avocat d'un homme célèbre tente d'humilier deux femmes qui ne font que demander justice pour avoir été agressées, et je comprends combien Christine, en cette année 1405, n'écrit plus seulement pour les femmes de son temps, mais aussi pour le nôtre :

Souvenez-vous, mes chères dames, comment ces hommes vous accusent d'être fragiles, légères et inconstantes, et comment malgré cela ils se donnent beaucoup de mal et font beaucoup d'efforts, avec toutes sortes de ruses compliquées, pour vous prendre dans leurs filets comme si vous étiez des animaux. Fuyez, fuyez, mes dames, et évitez ces liaisons, car sous la gaîté se cachent des poisons très cruels, qui peuvent entraîner la mort!

Elle enverra le premier exemplaire à la reine. En 1406, elle en produira aussi un exemplaire pour la fille aînée de Jean sans Peur, âgée de douze ans: l'espoir a sauté une génération. Mais un an plus tard, tout va basculer.

*

Le 23 novembre 1407, Louis d'Orléans est auprès de la reine qui vient de perdre un dernier enfant à peine né, lorsqu'un messager fait irruption. Le roi demande à voir le duc en privé, et vite! La nuit est tombée depuis un moment, mais quand le roi exige, a-t-on le choix? Louis d'Orléans se met en route avec une escorte réduite. Cinq cents mètres séparent les deux résidences royales. Mais dans la rue Vieille-du-Temple, vingt hommes armés jaillissent soudain d'une auberge où ils se cachaient. C'est une embuscade! Le duc est arraché à son cheval, et sauvagement frappé à coups de hache avant d'être abandonné sur place. On retrouvera sa cervelle dans la boue, à côté d'un bras arraché.

Paris est sous le choc: un prince assassiné, il y a des siècles qu'on n'avait pas vu ça. Le prévôt de Tignonville lance l'enquête; elle sera brève. Dans leur fuite, les tueurs ont semé derrière eux des chausse-trapes pour ralentir les poursuivants. Il suffira aux enquêteurs de suivre la trace de ces pièges: elles les conduisent rapidement à l'hôtel d'Artois. Jean sans Peur, qui jouait les inconsolables lors de l'enterrement de son cousin, est obligé d'avouer qu'il a commandité le meurtre. On lui fait comprendre en haut lieu qu'il ferait mieux de quitter la ville au plus vite, et de regagner ses terres pour ne plus revenir…

Mais se débarrasse-t-on jamais des Jean sans Peur ? Bien sûr que non.

Pendant cet hiver si froid que l'encre gèle dans les encriers, le jeune duc s'occupe à réchauffer les relations avec la famille royale. Tout meurtrier qu'il est, il a annoncé haut et fort son ambition : il veut faire son retour à Paris, et pas en catimini. Qu'on lui ouvre en grand les portes ! Pour préparer ce retour, il mise sur un lobbying parfaitement ciblé, auprès de deux confréries incontournables dans la capitale : les bouchers (et leurs couteaux aiguisés), et les marchands de vin. C'est dans les tavernes que les Parisiens commentent l'actualité ? Arrosons les taverniers !

Il dispose aussi de solides relais au sein de l'Université. Du côté de l'Église, on a toujours eu un faible pour un pouvoir fort : face au chaos et à la folie du roi, Jean sans Peur rassure.

Peu à peu, la propagande bourguignonne affine son récit. De bouche à oreille, de billets en libelles, les éléments de langage se propagent. Ce n'était pas un assassinat, non ! Jean sans Peur a débarrassé le royaume d'un tyran potentiel. Une fois la ligne fixée, toutes les Malebouche sont mobilisées. Fausses rumeurs et vraies calomnies s'enchaînent. Louis d'Orléans et la reine, dit-on, auraient dilapidé le trésor royal en fêtes orgiaques et jeux d'argent

– et pire, savez-vous quoi, ma bonne dame ? On dit qu'il avait un sérieux penchant pour la sorcellerie. Eh oui ! Mais est-ce si étonnant, avec une épouse italienne ?

Les sources de l'époque sont si contaminées par les rumeurs bourguignonnes que les historiens peinent à distinguer l'exagération de la pure diffamation. Louis d'Orléans était-il un prince raffiné comme la France en raffole, séducteur de ces dames et protecteur des arts, ou ce vil prédateur *qui hennissait à la vue de la moindre dame* et aurait voulu *esforcier* la duchesse de Bourgogne elle-même ? Petit à petit, la mécanique du doute fonctionne. On rappelle cette soirée de 1393 où le roi déguisé avait failli périr par le feu. Qui donc avait approché de trop près la torche fatale ? Louis d'Orléans ! Et si tout cela n'était pas un accident ? Dans les tavernes et dans les palais, on commence à accepter le récit de Jean sans Peur : s'il n'avait pas tué Louis d'Orléans, c'est lui, l'outsider gênant, qu'on aurait fait occir. Accuser éhontément son adversaire de ses propres turpitudes, la manœuvre est déjà connue.

Cinq mois après le crime, Jean sans Peur est de retour à Paris. Le 8 mars, dans la grande salle de l'hôtel Saint-Pol, en présence de tous les grands du royaume, le théologien Jean Petit, rival de Gerson, prononce un discours de plus de quatre heures pour défendre solennellement la thèse du tyrannicide. Entre ici, Jean sans Peur, et n'aie crainte : Louis d'Orléans était un bien dangereux personnage, tu as fait ce qu'il fallait. Dès le lendemain, on diffuse ce discours. On en prépare des éditions de luxe, pour les nobles, et on fait copier à la chaîne des éditions de poche pour répandre la mauvaise parole auprès du plus grand nombre.

Jean sans Peur a réussi son coup. Le voilà non seulement pardonné, mais aussi acclamé. Un sommet de communication politique. Poussant son avantage, le camp bourguignon obtient bientôt la tête du prévôt Guillaume de Tignonville. Une purge est en marche, les officiers publics tremblent ou font allégeance.

Côté Orléans, on s'active pour riposter. La mort du duc a laissé un grand vide : son fils devrait reprendre le flambeau, mais il n'a que quinze ans. En quête d'alliances solides, on le marie à la fille du duc d'Armagnac – un homme de guerre, un vrai, langue et couilles bien pendues. Robert d'Armagnac devient le mâle dominant du parti d'Orléans, et il lui donne son nom.

La fameuse querelle des Armagnacs et des Bourguignons, celle à laquelle je n'avais jamais rien compris à l'école, quand on étudiait la guerre de Cent ans : nous y voilà, et les Anglais n'y sont pour rien ! Chaque camp a son symbole : écharpe blanche pour les Armagnacs, chaperon bleu pour les Bourguignons. Les Parisiens affichent fièrement leur préférence dans leurs habits – en vérité, nombreux sont celles et ceux qui, prudemment, conservent les deux emblèmes dans leur garde-robe.

À partir de cette année 1408, la grande lutte pour le contrôle de l'État est lancée, et tous les coups semblent permis. Il ne s'agit plus de rivalité entre deux camps, mais d'une haine ouverte entre deux clans.

À quelques pas de l'hôtel Saint-Pol, Christine se désole. Les calomniateurs ont gagné : il y a tout de même de quoi désespérer du genre masculin, sinon du genre humain. Elle n'hésite plus à dépeindre Jean sans Peur en « détestable tyran », mais elle n'embrasse pas pour autant la cause des Armagnacs. Encore et toujours, elle s'applique à demeurer au-dessus des partis. Dans ses livres apparaît un nouveau personnage : c'est Dame Opinion, fille d'Ignorance et de Désir de Savoir, qui se matérialise par des ombres multicolores flottant au-dessus des conversations. Que d'erreurs sont commises à cause d'elle ! Et que de malheurs dus à une connaissance imparfaite ou à des opinions trop arrêtées ! Opinion sème la discorde entre les princes, pervertit l'esprit de ceux qu'on croyait sages, transforme les amis en ennemis. Contrairement à Fortune, dont les desseins sont impénétrables, Opinion ne dépend que des humains. Et Christine l'assure : elle peut être corrigée par l'étude, et le savoir. Plus de six siècles avant Donald Trump et les trolls russes sur Internet, la voilà qui prône le *fact-checking* et l'éthique scientifique ! Elle en verra aussi rapidement les limites...

Un autre personnage tente de ramener un peu de sagesse dans le débat public : c'est Jean Gerson. Très lié à Philippe le Hardi, dont il était le confesseur, il n'avait pas hésité à dénoncer publiquement la corruption de la cour de Louis d'Orléans, et la pratique délétère de l'achat de charges. Mais le « crime inouï » de 1407 l'a horrifié. Chancelier de Notre-Dame, il s'applique désormais à rester neutre. Dimanche après dimanche, il rappelle le message de paix des Évangiles. Un pied dedans, un pied dehors, comme toujours, lui aussi désormais cherche désespérément à garder l'équilibre.

Jean de Montreuil, lui, n'a que faire de la neutralité. Depuis l'assassinat de Louis, son protecteur, il réclame vengeance. Comment on a pu laisser un prince en faire tuer un autre sans le châtier ? À Rome, ça ne se serait pas passé comme ça – à l'époque, on savait punir ! Mais l'Antiquité, bien qu'il s'en défende, le passionne moins qu'avant. Il avait vibré, dans sa jeunesse, pour les débats nouveaux sur l'éloquence. Ah, il rêvait de mettre la rhétorique au service de tous ! Lui et ses amis pouvaient se perdre dans des disputes sans fin sur le sens précis des mots. Jean sans Peur et Jean Petit viennent de faire la démonstration qu'on pouvait leur faire dire n'importe quoi. Il ne l'oubliera pas. Il repense au vieux Coluccio Salutati, qui vient de mourir, lui dont on disait qu'une seule lettre valait mille hommes en armes. Eh bien, soit : Jean de Montreuil, désormais, mettra son éloquence au service de son camp. Avec une écharpe blanche, fier de ses couleurs : vive la France, et que l'État soit aux Armagnacs ! Il en sera le polémiste attitré, comme Jean de Meun en son temps avait été celui de l'Université. Gontier et Pierre Col, il le sait, seront à ses côtés.

Et c'est ainsi qu'en 1408 se dessine une nouvelle carte politique dans laquelle se reforment les camps de la querelle du *Roman de la rose* : Jean de Montreuil et les frères Col, du côté de la guerre ; Christine et Gerson, du côté de la paix.

Le champ de bataille, c'est l'opinion des princes et des forces vives du pays. Mais Christine et Jean vont bientôt concentrer leur querelle d'influence sur une cible plus précise : le cerveau en formation du jeune dauphin Louis, fils aîné de Charles VI et d'Isabeau de Bavière, et à qui la reine vient de céder la tête du Conseil de Régence. Il a treize ans, et sur ses frêles épaules semble reposer l'avenir du royaume. L'arbitre officiel de la lutte sans merci entre Armagnac et Bourguignons, désormais, c'est lui.

Christine, au sommet de son art, écrit pour lui un traité de sagesse politique, *Le Livre du corps de policie.* Elle y développe l'analogie du royaume comme un corps, dont le roi serait la tête. Mais attention, prévient-elle : cela ne signifie pas que le roi commande à tous, et doit tout faire remonter à lui ! Au contraire : il doit aimer le bien public plus que son bien propre – voilà ce qui distingue les bons princes des tyrans. L'amour comme grand principe politique ! Elle n'est pas la première à l'affirmer, mais elle est l'une des premières à en faire un système. Tête, ventre, membres ; tout est lié dans le corps social. Que les membres cessent de travailler, et le cerveau n'est plus irrigué. Si le ventre se goinfre trop, les membres dépérissent.

Le jeune dauphin a-t-il lu le livre ? On l'ignore. On sait, en revanche, qu'il dévore les nouvelles lectures que lui propose son premier secrétaire, ce quinquagénaire bougon qui n'avait que le latin à la bouche et qui désormais lui propose de la lecture en français. Son nom ? Jean de Montreuil. Devenu représentant du parti armagnac auprès du jeune prince, le prévôt de Lille s'est proposé de faire son éducation. Et quoi de mieux, pour orienter un esprit encore malléable, qu'une bonne leçon d'histoire ? Pour une fois, il fait simple : il se contente de compiler des extraits bien choisis des *Grandes Chroniques de France* : le jeune Louis y apprendra que les Francs sont les nobles descendants des Troyens, et que le grand Pharamond (comme chacun sait à l'époque) fut le premier de nos rois. Le dauphin est ravi, son entourage aussi. On en redemande, on en fait des copies. Un prince de sang, dit-on, en aurait commandé un exemplaire illustré. Après tant d'années, Jean de Montreuil rencontre enfin le succès ! Il se rêvait en avant-garde d'un latin revigoré par les lumières de l'éloquence, voilà qu'il triomphe avec des textes faciles, dans un français qui n'est même pas le sien. Salaud de destin.

Dans sa compilation, Jean a mis l'accent sur le contentieux avec l'Angleterre. N'est-il pas de première urgence de délivrer le pays de la menace de cet ennemi héréditaire ? Et si cela peut gêner en passant le duc de Bourgogne, eh bien : tant mieux. En racontant l'histoire à sa manière, Jean de Montreuil entend exciter chez le dauphin une fibre patriotique. Lui-même, d'ailleurs, se prend au jeu. Jeune homme, il avait passionnément détesté les Italiens avant de les copier. Alors qu'il approche de la soixantaine, sa passion est intacte, mais il ne regarde plus de l'autre côté des Alpes. Désormais, et jusqu'à la fin de ses jours, Jean de Montreuil se battra contre les Anglais.

En 1410, la guerre semble encore évitable, mais elle est dans toutes les têtes. Alors Christine prépare pour le dauphin… un traité militaire, nourri de ses lectures et de témoignages de chevaliers. *Le Livre des faits d'armes et de chevalerie* est un traité à la fois moral, questionnant ce que peut être une guerre juste, et éminemment pratique – si jamais le dauphin venait un jour à partir en guerre, il y trouverait des règles précises sur les vivres à prévoir en cas de siège d'une ville ennemie. *Si tu veux la paix, prépare la guerre*: Christine connaît ses classiques.

Jean, lui, apprend vite les nouveaux codes de l'époque. Si tu veux la guerre, prépare les esprits ! C'est bien ce qu'il va faire, en rédigeant… un petit traité militaire, en français et en latin. Son titre : *À toute la chevalerie.* Son approche est bien différente de celle de Christine. Que la guerre soit juste ou non, pour lui, ce n'est pas la question. Ce qui l'intéresse, c'est le récit que l'on fait des guerres passées. Bataille culturelle ! Jean est résolument passé du côté de la propagande. Il déplore que les Français soient si prompts à ressasser leurs défaites, alors que les Anglais, qui pourtant ne sont pas invincibles, font événement de la moindre escarmouche victorieuse. Allons chevaliers, tonne-t-il, cessons d'être des perdants magnifiques, voyons la vie en vainqueurs et célébrons nos succès ! Et pour galvaniser les troupes, des maréchaux jusqu'aux écuyers, le voilà qui découpe les *Grandes Chroniques* pour mettre en lumière chaque victoire française depuis plus de cent ans.

Je sens bien qu'il se plaît dans ce rôle, qu'il s'affirme. Sa prose se délie, comme s'il avait enfin trouvé sa voix : ironique toujours, caustique à l'occasion, mais plus simple, plus factuelle. Épurée. Et ce n'est pas fini. Quand on a commencé à réécrire l'histoire, pourquoi donc s'arrêter en chemin ? Après son adresse à la chevalerie française, Jean de Montreuil entame la rédaction d'un nouveau traité, au titre encore plus explicite : *Contre les Anglais.*

Perfides, mauvais joueurs, querelleurs, menteurs, haïs de tous leurs voisins : tous les clichés qu'on retrouvera plus tard, de Napoléon au Tournoi des Six-Nations, sont déjà là, sous la plume de Jean de Montreuil. Et le secrétaire royal va plus loin, en remontant à la racine du mal. Pas jusqu'à Guillaume le Conquérant, non : après tout, souligne Jean, on n'aurait rien contre les Anglais s'ils restaient sagement chez eux. Mais qu'ils revendiquent la Couronne de France comme ils le font depuis un siècle, cela suffit ! Tout cela parce qu'un de leurs rois descendait en ligne droite de Philippe le Bel – mais par sa fille, et non par ses maudits de fils. Depuis près de cent ans, les élites françaises se sont arrangées pour éviter toute succession royale en ligne féminine. Des centaines de pages de parchemins furent noircies pour justifier ces acrobaties politiques ! Mais il manquait encore une base juridique solide – à l'heure où se construit l'État de droit, cela fait mauvais genre.

– J'en ai trouvé une, moi, de base juridique ! clame soudain Jean de Montreuil, prévôt de Lille, chanoine de mille paroisses, secrétaire de la Chancellerie royale et premier secrétaire du dauphin.

Il en a une, ou presque. Il a mis la main sur un texte qui évoquait la transmission des terres saliques – un obscur règlement militaire datant de la fin de l'Empire romain. Mais en changeant « *terra salica* » par « *regno* », le royaume, le texte prend une toute autre dimension. *Mulier vero nullam in regno habeat portionem*, écrit Jean le Faussaire, et il traduit aussitôt : *Le texte exclut et forclôt les femmes de pouvoir succéder a la couronne de France, comme icelle loi dit absolument que femme n'ait quelconque portion au royaume, c'est à entendre la couronne de France.*

Bim.

Cette mystification grossière ne tardera pas à être débusquée, mais il est trop tard : le coup est parti. Dès l'année suivante, Jean de Montreuil amende son texte (oh, pardon), sans changer une virgule de la conclusion qu'il tire de son imposture : non, les femmes ne sauraient régner en France. Il ajoute même une analyse de son cru. *Quand on sait la manière dont les femmes jettent et donnent leur affection*, explique-t-il doctement, une reine serait capable de se marier *à un homme de bas et petit état.* Horreur ! Et quand bien même elle ferait un beau mariage – tenez, avec le roi de Constantinople, par exemple : si elle venait à mourir avant lui, la France se retrouverait alors dirigée par un Grec ? Absurde. À le lire, on le sent content de sa trouvaille, comme un politicien en campagne qui viendrait de trouver une punchline qu'il pourra glisser dans tous ses meetings. Tu as raison, Jean ! Mieux vaut avoir un roi fou et une reine bavaroise.

La (fausse) loi salique sera invoquée par les juristes tout au long du siècle, jusqu'à devenir une des « lois fondamentales » de la monarchie française. On sait que c'est faux ? Peu importe. *Quanto delirior, quanto melior*. Le passage en force a fonctionné, quiconque voudrait revenir à la fraude initiale sera considéré comme un emmerdeur illuminé, ou un dangereux révisionniste. Jean de Montreuil ne sera plus là pour voir ça – mais déjà pour lui, quelle belle revanche sur Christine ! Elle avait rêvé d'une cité sans hommes ; il lui construit un monde sans femmes.

Et Christine, que devient-elle ? Elle voit, elle entend, elle lit, elle soupire. Et elle publie de moins en moins. Après son traité de chevalerie, traduit dans plusieurs pays d'Europe, elle a secrètement tenu la plume d'un étrange livre à la gloire du maréchal de Boucicaut. Est-ce parce que cet Élégant qui l'était fort peu l'avait aidée dans les années difficiles ? Elle lui attribue rétrospectivement la création d'un ordre de chevaliers ayant fait le serment de partout venir au secours des dames en détresse. Cet ordre n'a jamais existé ailleurs que sur le papier, et Christine en l'écrivant doit bien sentir combien ces valeurs sont dépassées. Les temps ne sont plus à la séduction ni à la défense héroïque des plus faibles. L'heure est à la force. Inlassablement, pourtant, elle continue de prêcher la paix et la modération, mais les titres de ses livres sonnent comme des appels dans le désert, de plus en plus désespérés. Aux *Lamentations sur les maux de la France* succédera *Le Livre de la paix*, puis l'*Epître de la prison de vie humaine*. Est-il besoin d'en dire plus? Elle se replie. Elle s'efface.

Pendant ce temps, loin des livres, le royaume s'enfonce. Dans les campagnes, les « écorcheurs » des Armagnacs répondent aux raids des Bourguignons. Les villes se prennent et se reprennent, pillées à chaque conquête. Paris elle aussi passe d'un parti à l'autre. Bleu ou blanc, le chaperon? Les Parisiens doivent suivre la mode avec attention, sous peine de se faire poignarder en pleine rue. Depuis son duché de Bourgogne, Jean sans Peur excite ses partisans. Et quand le Conseil de Régence parle d'augmenter encore les taxes (tout part toujours d'une histoire d'impôts), les alliés du duc mènent Paris à l'émeute. Arrosés de subsides et de vin de Beaune, les bouchers ne font pas de quartier: ils dictent la loi, et ils autorisent la foule à piller les maisons de ceux qu'on soupçonne de soutenir les Armagnacs. Christine se barricade dans l'hôtel Barbeau; Gerson n'aura la vie sauve qu'en se cachant plusieurs semaines dans les combles de Notre-Dame. Jean sans Peur, bien sûr, jure qu'il n'y est pour rien. Mais les excès de ses partisans seront tels que les Parisiens préféreront bientôt s'en remettre aux Armagnacs. L'époque est épuisante. À chaque trêve, on guette la reprise des hostilités, la prochaine purge, les meurtres entre voisins, les pendus qu'on exhibe, les femmes enceintes éventrées. À chaque baiser de paix entre les princes, on sait que par-derrière des voix soufflent sur les braises.

Christine déplorait la brutalisation du langage chez Jean de Meun ? Désormais le langage n'a plus de limites. Jean Petit, l'apôtre du tyrannicide, haut dignitaire de l'Université et porte-flingues de Jean sans Peur, traite le pape de « tête de mule » entouré de « merdailles ». Un abbé ose critiquer Jean de Bourgogne ? Le voilà publiquement qualifié de « vieux enfumé, becjaune et glorieux cornard ». Jean de Montreuil se lâche aussi. La situation politique l'accable, la guerre le prive de plusieurs de ses revenus, mais l'époque semble enfin prête pour son ironie mordante. Il a grandi dans l'admiration secrète des invectives à la Pétrarque, désormais il peut s'en donner à plume joie ! Et il révise encore son *Traité contre les Anglais*, plus fielleux, plus belliqueux à chaque version.

Depuis son palais de Londres, le jeune roi Henry V, vingt-huit ans, observe les événements de France avec un sourire gourmand. En août 1415, il n'y tient plus : il débarque en Normandie avec plus de mille bateaux et les plus gros canons qu'on ait jamais vus en Europe. Sous un déluge de feu, Harfleur tient le siège pendant six semaines. Quand la ville tombe, l'armée anglaise est déjà affaiblie par une épidémie de dysenterie. Le roi décide de remettre à plus tard ses rêves de conquête. Mais au lieu de rembarquer prudemment pour revenir au printemps avec des intestins raffermis, il choisit de regagner Calais à pied avec le reste de son armée, histoire de montrer aux lecteurs de Jean de Montreuil qu'il est bien chez lui sur la terre de France. Mâle orgueil, folle imprudence ! La chevalerie française, avertie, se frotte déjà les mains. Vite, on monte une armée pour barrer la route aux Anglais. Armagnacs et Bourguignons se retrouvent sous la même bannière : l'occasion est trop belle ! Une course-poursuite s'engage. Le 24 octobre, Henry V a déjà perdu la moitié de ses hommes quand il arrive à Azincourt. C'est là, au pied d'une colline, dans des champs fraîchement labourés, que les Français attendent les Anglais. Il pleut toute la nuit, les Anglais grelottent – de fièvre plus que de peur, dit-on. Ils se préparent pour une bataille qu'ils abordent en sous-nombre, les vêtements souillés sous la cotte de maille. Les Français, eux, ripaillent et trinquent déjà à leur victoire à venir. Le lendemain, c'est la bataille que l'on connaît. Comme à Crécy, comme à Poitiers, les Français attaquent en ordre dispersé. Les archers anglais font mouche. Refoulés, les premiers assaillants s'embourbent et se heurtent dans leur retraite à une deuxième vague partie trop vite. Mêlée, panique, boucherie. Un désastre.

– Ah les cons ! peste Jean de Montreuil quand lui parvient la nouvelle de la défaite d'Azincourt.

Non seulement les chevaliers français ont passé outre tous ses conseils, mais en plus, ils osent se plaindre. Ce n'est pas de leur faute, assurent-ils en accusant la météo, le terrain pas droit, la chance qui les a fuis et la fourberie des Anglais. Et encore ont-ils de la chance, ceux qui sont encore là pour raconter la bataille. Car les pertes ont été colossales et Henry V, faisant fi de toutes les lois non écrites de la guerre, a donné l'ordre de massacrer les prisonniers les mains *bankable* avant de repartir.

Christine, elle aussi, pleurera la bataille, où meurt son ami le connétable d'Albret. Ce n'est pas à lui qu'elle pense, pourtant, au moment d'écrire son *Épître de la prison de vie humaine*, mais à toutes les mères et les veuves des chevaliers perdus, à qui elle souhaite *réconfort de mort d'amis et pacience en adversité.* Elle mettra près d'un an à achever son épître – elle n'écrit plus avec la frénésie d'antan. Peut-être a-t-elle finalement appris la patience ? Mais ce sont plus sûrement les larmes qui la ralentissent. Car pour avoir appris l'histoire et connaître désormais les caprices de Fortune comme ceux d'Opinion, elle sait que la suite ne peut être que pire encore. Elle le sera.

Tandis que Christine perd espoir et se réfugie dans la prière, Jean se retire progressivement des affaires après 1415.

Il poursuit quelque temps encore sa propagande anti-anglaise, lance une invective pleine de fiel à l'empereur allemand Sigismond quand ce dernier noue une alliance avec Henry V – désormais il n'est plus question de montrer ses brouillons à ses amis avant de les envoyer, insulter un empereur ne lui fait plus peur.

Mais plus le temps avance, plus la mélancolie le gagne. À soixante ans passés, il s'offre de longues retraites à l'abbaye de Chaalis, dans la forêt d'Ermenonville. Il goûte le silence et la ferveur religieuse du lieu, le désintéressement des pères et la richesse des reliques. Et la bibliothèque, bien sûr. À lui, enfin, *l'otium* au milieu des livres ! Là-bas, il délaisse Cicéron et Horace et redécouvre avec passion les Pères de l'Église. Il recopie des pages entières de saint Jérôme ou saint Augustin, s'en veut de n'avoir pas étudié plus tôt *La Cité de Dieu*. Finies les vaines polémiques ! À ses amis, il écrit désormais de longues méditations sur le sens de la vie. À Gontier, il loue le détachement des choses matérielles. *Certains s'efforcent par tous les moyens d'accroître l'étendue de leur fortune*, écrit-il ; *mais tous ces gens seront morts, peut-être, lorsqu'ils seront en mesure d'en jouir*. Que le Très-Haut ait pitié d'eux. Avec Clamanges, il se lamente sur les malheurs du temps. Comment Dieu peut-il permettre toutes ces calamités ? Ah non, décidément, Socrate avait raison : on ne connaît jamais vraiment que notre ignorance.

Mais déjà, il lui faut repartir pour Paris. Les nouvelles sont mauvaises : le roi d'Angleterre, cette fois, a réussi à conquérir la Normandie. Disons plutôt qu'on la lui a livrée ! fulmine-t-il. L'alliance qu'il craignait entre les Anglais et les traîtres bourguignons est désormais une réalité, et des villes entières basculent dans le camp ennemi. Senlis, à quelques kilomètres de Chaalis, a capitulé, désormais les impôts de la ville iront à la Bourgogne. Pauvre France, qui court vers sa ruine !

Mais Paris est encore aux mains des Armagnacs : le devoir et le dauphin appellent Jean de Montreuil, et il n'est pas homme à se dérober. Adieu Chaalis ! Adieu petit roitelet qui chantait dans le cloître, adieu le calme et le pur plaisir de l'étude. Tel est le lot de l'humaniste, songe-t-il : un homme de pensée et d'action à la fois, les yeux dans les livres et les deux pieds dans le monde, comme Pétrarque…

Jean est à Paris, chez lui, en cette douce soirée du 29 mai 1418.

Est-il seul ? Les domestiques dorment-ils à l'étage ? Je veux l'imaginer en solitaire, dans la pièce principale de sa petite maison de la rue Simon-Le-Franc. Dehors, les lois de Lycurgue affichent toujours leur rigueur spartiate. À l'intérieur, la vaisselle d'apparat incarne la trace de cadeaux de princes et de cardinaux. Au sol, sur les tapis naguère offerts par Jacopo, trônent de grands coffres dans lesquels s'accumule le trésor le plus précieux de Jean Charlin, le petit gars de Monthureux-le-Sec devenu Maître Jean Johannes de Monsterolio : ses livres. Il en a désormais plus de cent – l'une des plus riches bibliothèques qu'un simple clerc ait jamais rassemblée.

Depuis quelques semaines, il envisage de les mettre en lieu sûr. Mais alors, il ne les aurait plus auprès de lui. Faudrait-il qu'il quitte définitivement la capitale ? Non, bien sûr : il s'est promis de rester à Paris tant que le dauphin y résidera. Il en a fini, toutefois, avec la propagande. Son rôle d'arquebusier public est maintenant derrière lui. Maintes fois il a fustigé les vilenies et les crimes des Bourguignons – qui ne se souvient pas de ces deux soldats réfugiés à l'hôtel-Dieu de Saint-Denis, ligotés dos à dos et jetés du haut des remparts ? L'un d'eux avait survécu à la chute ; il avait nagé jusqu'à la rive, le mort sur le dos : les brutes de Jean sans Peur l'avaient rejeté à l'eau, où il s'était noyé. Mais depuis qu'il est rentré à Paris,

Jean est le témoin consterné des abus des hommes de son propre camp. Et pas de la part d'hommes de main avinés, non! De la part de grands lettrés, de soi-disant philosophes – à se demander à quoi peuvent bien servir les livres. L'autre jour, c'est un grand maître en théologie qui soutenait dans son sermon que les suppôts du parti bourguignon devaient être rayés de la surface de la Terre.

Jean ne veut plus participer à cela. Tout comme il refuse de cautionner le refus de baptiser ou d'enterrer les adversaires. Et que dire du traitement des prisonniers, privés de nourriture au point de devoir se manger entre eux? Il les a vus un jour, ces malheureux torturés, entassés tête-bêche dans une charrette pour être conduits au marché aux porcs et être laissés en pâture aux oiseaux et aux chiens. Certains respiraient encore. Que reste-t-il d'humanité quand on en arrive là?

Le temps gagné à ne pas entretenir la flamme de la haine, Jean le consacre à relire le chef-d'œuvre de Pétrarque: *De remediis*, qui, faisant dialoguer la raison et les passions, sonde le sens de l'existence. Sait-il que Christine, elle aussi, a fait de ce livre un de ses fidèles compagnons?

Jean, désormais, recherche la paix de l'âme. La sienne est plus légère déjà depuis que le concile de Constance, où il a siégé aux côtés de Gerson, a enfin permis de résoudre le Schisme. La France se déchire, mais il n'y a plus qu'un seul pape à la tête de la chrétienté! Toutes ces ambassades n'auront donc pas été vaines.

Ses prières effectuées, Jean de Montreuil se couche en espérant que le recueil de lettres qu'il a envoyé au cardinal de Florence lui est bien parvenu. Quelle joie, tout de même, de savoir que ses lettres vivront en Italie – là où tout a commencé pour lui !

Le soleil n'est pas encore levé lorsqu'un murmure lointain vient troubler son sommeil. Les voix montent depuis la Seine, menaçantes. Un charivari, encore ? Impossible. Il y a des années qu'à Paris on ne s'autorise plus ce genre de chahut. Jean se retourne dans son lit, inquiet. À qui peut-il bien penser, à cet instant ? Comprend-il que ces heures à venir seront les dernières ?

Un peu plus tôt dans la nuit, un jeune bourgeois aux sympathies bourguignonnes a subtilisé à son père les clés de la Porte Saint-Germain. Huit cents soldats du duc de Bourgogne l'y attendaient. Ensemble, ils ont rejoint quelque quatre cents Parisiens revanchards – Jean avait raison : les excès des Armagnacs ne pouvaient mener qu'à une soif de vengeance. Soupçonnait-il qu'il en serait victime ? Avant même le petit matin, ils sont plus de mille jeunes gens à s'enfoncer dans les rues et ruelles de la rive droite, tuant et pillant. Des opportunistes se joignent à eux, sans doute – « vite, mon petit, mon chaperon bleu ! » Si l'on regardait de plus près, on verrait que les meneurs sont munis de listes d'ennemis à éliminer pour décimer sans attendre le parti Armagnac. Des noms, des adresses, une consigne : mort, ou vif.

Sur une de ces listes figurent Jean de Montreuil et Gontier Col. Il n'est pas prévu de leur laisser la vie sauve. Tous deux seront assassinés dans la nuit, et leur maison pillée. Dispersée, la bibliothèque du prévôt de Lille ! Brûlée, peut-être. On n'en retrouvera jamais un seul volume. Seul son cher exemplaire des lettres de Pétrarque et de Salutati, resté à la Chancellerie, lui aura survécu.

Bientôt, il ne restera plus de Jean de Montreuil que le souvenir, chez ses anciens élèves, d'un maître austère et souvent soupe au lait, un peu tordu dans ses raisonnements mais droit dans ses convictions. La guerre de Cent Ans terminée, on ne retrouvera plus guère son nom qu'au bas de quelques actes royaux, dans des textes de propagande obsolètes, ainsi que dans le registre des ministres de la Cour d'Amour de Charles VI, juste à côté de Gontier Col. Leurs armes y auront été effacées, comme celles de tous les anciens partisans du duc d'Orléans. *Cancel culture.*

Ce 29 mai 1418, les Bourguignons infiltrés dans Paris devaient aussi prendre la Bastille pour couper toute retraite à la famille royale. Ils arriveront trop tard : prévenu à temps, le dauphin s'était déjà enfui vers Bourges. Parmi les conseillers qui l'accompagnaient, je trouve le nom de Jean Castel. Le fils de Christine était donc devenu proche du dauphin ! Travaillait-il au jour le jour avec Jean de Montreuil comme son père avant lui ? Fait-il partie de ces jeunes gens que Jean encourageait à écrire, encore et toujours, pour tracer leur chemin en imitant les grands Anciens ? Ont-ils un jour eu l'occasion de débattre du *Roman de la rose* autour d'une chope de vin vermeil ? On ne saura jamais.

Christine elle aussi a pu fuir à temps, cette nuit-là. Elle a accompagné son fils et toute la cour jusqu'à Melun ; après quoi, elle a fait le choix de rejoindre sa fille Marie au couvent de Poissy. C'est là qu'on retrouve sa trace, quelques années plus tard. Elle y rédige un ultime texte en prose, un « livre d'heures » pour accompagner les prières quotidiennes, et dont je livre le titre pour apprécier l'orthographe de l'époque : *Heures de contemplacion sur la Passion de Nostre Seigneur Jhesucrist.*

Mais qu'on n'aille pas la croire recluse ! Christine s'est retirée de la société des hommes, mais certes pas du monde. Une non-mixité choisie, dirait-on aujourd'hui, avec la meilleure des compagnies[1].

C'est de sa petite cellule que Christine suit les nouvelles de la guerre. L'assassinat de Jean sans Peur lors d'une entrevue avec le dauphin Charles. L'alliance entre le duché de Bourgogne et le royaume d'Angleterre, l'entrée des Anglais dans Paris, le ralliement d'Isabeau de Bavière. Elle apprendra aussi la mort de Jean, *son* Jean, son fils, dans des circonstances qui nous resteront inconnues. Paris, pendant ce temps, dépérit sous le joug anglais. Puis c'est la guerre qui reprend de plus belle, avec ce diable de commandant dont Christine connaît bien le nom : Thomas de Montagu, comte de Salisbury, le jeune compagnon des années londoniennes de son fils ! Débarqué à Calais au printemps 1428, Montagu conquiert une à une les villes de la Beauce jusqu'à assiéger Orléans – le dernier obstacle avant Bourges, où l'ex-dauphin, qui règne désormais sans

1. Marie de France, par exemple, fille de Charles VI et d'Isabeau de Bavière. Placée là à l'âge de quatre ans, sa famille voulut la récupérer dix ans plus tard pour la marier avec un comte lorrain, histoire d'arranger les affaires diplomatiques du royaume. « Pas question ! répondit-elle. Je reste avec mes sœurs. »

couronne sous le nom de Charles VII, tient encore un dernier bout de France. Christine est tenue au courant de ces péripéties. *Femme ytalienne* devenue française par choix et par amour, elle tremble d'abord pour Orléans, et pour Charles VII, qu'elle a connu enfant. Mais au printemps 1429, coup de théâtre ! Elle apprend le miracle de la prise d'Orléans sous l'étendard d'une miraculeuse pucelle venue de Lorraine.

Miraculeuse ? La question se pose de façon brûlante. En urgence, l'entourage de Charles VII a sollicité l'avis du plus vieux sage qui soit resté fidèle à la Couronne, un homme qu'on n'avait pas vu depuis 1418 mais qu'on savait encore en vie, réfugié au couvent des Célestins de Lyon : Jean Gerson. Peut-on croire que cette Jeanne est envoyée de Dieu ? lui demande-t-on. À la hâte, le vieux chancelier analyse le cas. Il note le désintéressement de la Pucelle, son refus des superstitions, la sincérité de ses visions, sa sobriété et son courage « à exposer son corps au suprême péril », ses effets sur l'ennemi et sur les forces françaises, et il conclut : Oui, cela est l'œuvre de Dieu.

On lui rétorque qu'elle porte des habits d'homme et les cheveux ras ? Tout de même, la Bible l'interdit ! Gerson coupe court : Dieu, assure-t-il, choisit lui-même ses émissaires. S'Il envoie une femme pour prendre les armes et sauver la France, croyez-vous donc qu'Il l'affublera d'une jupe longue et de jolies tresses ? Allons donc, messieurs : ne vous laissez pas aveugler par des vétilles, recevez cette Pucelle avec mansuétude, et contribuez à sa réussite.

Quand le Chancelier rend ses conclusions, le 14 mai, Orléans vient d'être délivrée. Jean Gerson s'éteint dans son lit le 12 juillet. Le 17, mené par Jeanne, Charles VII est couronné à Reims : la France qu'on avait cru perdue reprend espoir. Et Christine, depuis Poissy, retrouve soudain sa plume et le goût de la rime :

Je Christine, qui ay plouré
Unze ans en abbaye close…

Onze ans à se lamenter sur les malheurs de la France, et voilà que pour la première fois,

… à prime me prens à rire
A rire bonnement de joie

En l'an 1429, écrit-elle, le soleil se remet soudain à luire – qui l'eût cru après tant de désespoir ! Et Christine de s'adresser au roi Charles VII, dont l'honneur fut *relevé par la Pucelle.* Charles, que tout le monde voyait perdre son pays et qui, miracle, l'a recouvré.

C'est par la Pucelle sensible,
Dieu mercy qui y a ouvré

Christine écrit à la toute fin du mois de juillet 1429. À l'évidence, elle a été mise au courant de la chevauchée de Jeanne et de l'armée française, d'Orléans jusqu'à Reims, du sacre en présence des plus grands barons du royaume – du moins, ceux qui n'avaient pas trahi. Et elle connaît l'étape suivante : reprendre la capitale. Tremble, Paris !

Les vers de Christine prennent parfois un accent guerrier que Jean de Montreuil, depuis la fosse où on l'a jeté, n'aurait pas renié. Mais elle insiste aussi sur le miracle de Jeanne. Toute sa vie, elle a défendu les femmes : leur courage face à l'adversité, leur sagesse... et leur force. Donnez à une femme les mêmes armes qu'aux hommes et voyez tout ce qu'elles peuvent en faire ! n'a-t-elle cessé de répéter. Oui, écrit-elle, c'est bien à une *vierge tendre* qu'Hadès, le dieu des Enfers, a donné la force et le pouvoir de mettre les ennemis du royaume en déroute. Jeanne, simple bergère, a montré plus de courage qu'on n'en vît jamais à un homme. Le royaume était à terre, condamné à périr, et voilà que par elle il ressuscite. Quel homme aurait su faire cela ?

Je comprends si bien le rire de Christine, et sa joie. Toute sa vie, elle a lutté contre la misogynie la plus crasse. Quarante ans à se battre contre les arguments fallacieux des clercs phallocrates, des décennies entières à dénoncer l'orgueil et la folie des hommes qui ont mené la France au bord de la ruine, et voilà qu'en quelques mois, une jeune pucelle venue de nulle part semble venir incarner tout ce qu'elle pu écrire dans ses livres.

Jeanne d'Arc devient immédiatement l'un des piliers de la Cité des Dames, comme un messie au féminin qui viendrait annoncer l'ère nouvelle où enfin les femmes seront considérées à la hauteur de leurs talents. N'est-ce pas là une idée révolutionnaire ? Christine se doute bien, en achevant son texte, que son contenu ne plaira pas à tout le monde.

… Mais j'entends
Qu'aucuns se tendront mal contens

À soixante-cinq ans, elle s'en moque. Tant pis pour les râleurs, écrit-elle, car qui avance les yeux baissés *ne peut regarder la lumière.*

Ce sera son dernier mot.

J'imagine un rayon de soleil qui vient éclairer la modeste chambre où elle s'est installée, juste à ce moment. Ou une chandelle qui tremble dans la nuit, plutôt, car elle a écrit dans l'urgence, comme toujours, et il est déjà bien tard.

Lumière, c'est un joli mot pour dire adieu.

Alors, oui, elle rit.

Elle rit en pensant à ce que Jean de Meun dirait de la Pucelle.

Elle rit en prenant en pitié Jean de Montreuil.

Elle rit en pensant qu'il est trop tard, qu'elle ne verra jamais sa Cité prendre vie, et au fond, elle n'en conçoit même pas de regrets.

La lumière, elle l'a vue, elle la voit.

Il n'y a plus rien à faire. Il n'y a plus rien à dire. Elle se retire.

Épilogue

Jean de Montreuil fut vite oublié après sa mort, *cancellé* par le camp bourguignon, pleuré par ses amis, à peine regretté par ses collègues de la Chancellerie. Ses élèves ne le citèrent plus, bien qu'il les ait formés à l'amour des Anciens et au culte du style. Le courant humaniste perdura ainsi, à bas bruit, jusqu'à se déployer pleinement à la fin du siècle, avec l'essor de l'imprimerie. Un autre monde venait de commencer, que Jean et les autres n'avaient pas vu venir.

Christine de Pizan, elle, fut encore copiée, et largement. Comme elle l'avait prédit, on a retrouvé ses livres dans les bibliothèques de maintes *excellentes dames et femmes d'autorité.* Ces princesses ont-elles *prié Dieu pour leur servante Christine,* en regrettant qu'elle n'ait pas vécu en leur temps ? Que personne n'aille dire que l'autrice péchait par excès de modestie ! Et pourtant, elle aussi va disparaître. Engloutie, *La Cité des dames.* Oubliées, les poésies. Un siècle après sa mort, son traité de chevalerie est encore traduit et imprimé… mais le nom de l'autrice n'y figure plus : qui pouvait croire qu'une femme était l'auteur d'un tel livre ?

Ce sont les universitaires du XIXe siècle qui redécouvriront Christine et Jean. Et ils n'hésiteront pas à choisir leur camp : Christine de Pizan, en 1894, est balayée par le grand critique Gustave Lanson, ancêtre de nos Lagarde & Michard et chantre d'une « approche historique et objective des œuvres » : *Bonne fille, bonne épouse, bonne mère, du reste un des plus authentiques bas-bleus qu'il y ait dans notre littérature, la première de cette insupportable lignée de femmes auteurs, à qui nul ouvrage sur aucun sujet ne coûte, et qui pendant toute la vie que Dieu leur prête, n'ont affaire que de multiplier les preuves de leur infatigable facilité, égale à leur universelle médiocrité.* Ah, les hommes, quand ils se font plaisir !

Un an auparavant, en 1893, Jean de Montreuil avait été salué par un historien allemand comme « le premier humaniste français ». Gloire posthume ! C'est à lui que l'on consacrera des thèses, lui dont on éditera en premier les œuvres complètes. Christine devra attendre les années 1970 pour faire son come-back… aux États-Unis. Les féministes américaines en font une icône, les médiévistes la traduisent et l'étudient, bientôt suivies par les pionnières des études de genre. Trouvent-elles face à elles des collègues masculins pour leur expliquer, toute morgue dehors, que Christine de Pizan n'avait rien compris au *Roman de la rose* ? Bien sûr ! Une décennie plus tard, Christine franchit l'Atlantique : la voilà de nouveau reine en son pays d'adoption, saluée, éditée, enseignée, jusqu'à cet été 2024 où sa statue jaillit des eaux de la Seine lors de la cérémonie d'ouverture des Jeux olympiques, à deux brasses de l'endroit où elle habitait. Comme une boucle qui se referme, la fin d'un long périple.

Et voici qu'à mon tour j'achève ce voyage médiéval qui m'a amené bien plus loin que je ne pensais. J'étais parti léger, il m'a fallu trois ans. Fasciné par ce Moyen Âge qui ne ressemblait en rien à l'image que j'en avais, j'ai pris mille chemins de traverse pour visiter des palais, des églises, des bordels, des couvents, des tavernes et ces rues de Paris où la vie débordait. Et tandis que j'avançais à petits pas, l'actualité n'a cessé de me rattraper.

Comme en écho à l'*Épître au dieu d'Amour* de Christine, les affaires d'agressions sexuelles se sont multipliées dans les journaux et les tribunaux, les commissariats et les conversations, en ville comme à la campagne – partout les femmes se levaient pour crier « ça suffit ». Puis, alors que j'enquêtais sur les compères Jean et Gontier, la vague féministe s'est heurtée à une offensive masculiniste et la vitupération à l'encontre des femmes, qui s'était émoussée dans l'espace public, a repris de plus belle sur les réseaux sociaux, où les hommes chassent en meute pour faire taire celles qui ont le verbe un peu trop haut ou le décolleté un peu trop bas.

Tout cela était déjà en germe avant que je ne prenne la route. La guerre, elle aussi, se rapprochait de nous tandis que je compostais mon billet pour le XVe siècle. On pourrait presque dire que je l'avais cherché. Mais comment aurais-je pu deviner que les échos les plus assourdissants viendraient du *Roman de la rose* lui-même, et du grand discours de Genius ?

Le retour au pouvoir de Donald Trump a libéré les barons qui mènent leur guerre au nom de Nature. Entreprise au nom de Dieu, la croisade contre le « wokisme », comme celle de Genius contre le château enfermant la rose, s'attaque à tout ce qu'elle considère comme « contre-nature », homosexuels et transgenres (arrière, Satan !) au premier chef. L'avortement est un crime pour les nouveaux hérauts de l'Amérique, et la contraception devient suspecte. En Europe, l'heure est au « réarmement démographique ». Dans plusieurs pays, l'accès à l'avortement se trouve restreint. En Hongrie, en Slovaquie, en Bulgarie, des lois sont votées pour lutter contre la « propagande LGBT ». On n'excommunie plus celles et ceux qui s'écartent de la norme imposée ; on les réduit au silence. Quant à la Russie de Vladimir Poutine, qui envoie sa jeunesse se faire tuer en Ukraine, elle vient d'interdire sous peine de forte amende la « promotion d'un mode de vie sans enfants ».

Étrange, tout de même, que les politiques natalistes, au XXIe siècle comme au XIVe, soient menées avec le bâton de la répression. On pourrait aussi envisager de construire un monde plus désirable pour nous donner envie d'y concevoir des enfants ; cette option ne semble pas avoir été retenue par nos dirigeants.

Mais pardonnez-moi, je rentre tout juste de voyage, ça me rend toujours un peu triste. Je viens de passer ces derniers mois au milieu d'une guerre civile – je vous en ai passé les détails mais ils résonnent en moi alors que je reviens à l'orée de ce deuxième quart de siècle, où notre espace public se polarise et où rôde le spectre de la violence politique. Qui d'entre nous sera amené à choisir un camp comme Jean de Montreuil ? Qui restera au-dessus de la mêlée comme Christine de Pizan ? Qui mènera ses petites affaires comme Gontier Col ? Choisirons-nous ou subirons-nous ?

Il est temps pour moi de défaire mes bagages, de ranger les souvenirs que j'ai rapportés avec moi – des centaines d'images mentales (« Chaume ! chaume ! » crie le vendeur de paille) et autant d'anecdotes que je n'ai pu inclure ici pour ne pas alourdir le récit[1]. Christine et Jean, eux, resteront à jamais dans mon cœur. Je tâcherai aussi d'y garder ce qu'ils m'ont appris, et les questions qu'entre les lignes de leurs textes ils posent à notre temps.

Avec eux, j'ai compris qu'il n'existe pas de « Moyen Âge ». Que nous rejouons sans cesse des rôles qui nous dépassent mais qu'il nous revient, à tout moment, de forcer le destin. J'ai appris aussi à regarder l'histoire comme une sorte de tectonique. Sous la surface de nos conversations, de nos querelles, de nos guerres et de nos amours, des forces antagonistes sont à l'œuvre. Je ne parle pas du bien et du mal – laissons cela aux théologiens. Disons, dans le cas de Christine et Jean, la liberté (qui affranchit mais en écrase certains et certaines) et la morale (qui protège mais

1. Oh, allez, une dernière pour la route : en juin 1404, m'apprend un ami de Jean de Montreuil, le Parlement décide de limiter à huit sous par personne et par jour la consommation de vin à la buvette, à la suite de regrettables *buveries* constatées dès la matinée. À la vôtre !

dont on dira qu'elle écrase tout). Ou, pour reprendre les mots du philosophe Tristan Garcia : la métaphysique de l'émancipation et celle de l'ordre. Voilà ce qui se joue dans le débat du *Roman de la rose* – cette querelle si française, ou plutôt si parisienne (et donc universelle, dirait Anceau Choquart). Ces forces bougent lentement. Elles prennent des formes différentes selon les époques, souvent elles cohabitent, ferraillent en sourdine. Et puis parfois la tension monte, comme la nouvelle réplique d'un très vieux séisme. Chacune des forces veut l'emporter sur l'autre mais c'est impossible : l'une couve toujours sous l'autre. Des camps pourtant se forment, inconciliables. De ressentiment en menaces, d'avancées en *backlash*, ils se combattent et se nourrissent, jusqu'à l'éruption.

En rangeant ma valise, pas très loin de la porte, je songe qu'il doit bien exister des exemples dans l'histoire où les tensions finissent par retomber sans basculer vers la guerre ? Où tout se termine par un grand banquet ? Il faudra que je reparte en voyage pour examiner cela – des historiens, à n'en pas douter, se sont déjà penchés sur la question.

J'écris ces derniers mots chez moi, à la fin de l'année 2025, peu avant ce que vous savez et que j'ignore encore. Je lis, j'observe, j'oscille entre la fascination pour le pire et un espoir un peu fou en l'avenir.

Tout ce que je puis espérer, c'est qu'avant de mourir, comme Christine, nous terminerons par un éclat de rire. Pas le rire amer du désespoir ni le rire sardonique de la victoire, non. Un rire franc et lumineux, dans un monde où les rosiers continueront de fleurir en paix.

Remerciements

Tant de textes, tant de gens m'ont accompagné et guidé dans ce voyage.

Amandine Mussou, la première, m'a ouvert les portes du jardin médiéval. Sans elle ce roman n'aurait pas été possible – gratitude éternelle !

Le livre doit aussi beaucoup aux bienveillants et brillantes éclairages de Sarah Delale, Viviane Griveau-Genest, Anne Paupert et Andrea Valentini. Et Éliane Viennot, bien sûr, dont la somme *La France, les femmes et le pouvoir* m'a suivi bien au-delà du prologue.

Sur Christine de Pizan, de nombreuses autrices françaises et américaines m'ont montré le chemin ; les biographies de Régine Pernoud et Françoise Autrand n'ont jamais quitté mon sac, de même que le *Diamant obscur* de Sarah Delale.

Sur Jean de Montreuil, je n'aurais rien pu faire sans l'immense travail de l'équipe du CNRS qui a édité et commenté ses œuvres complètes : Nicole Grévy-Pons, Ezio Ornato et Gilbert Ouy.

Je ne résiste pas au plaisir d'y ajouter l'historien catholique André Combes qui, à l'hiver 1941, dans le froid d'une BNF privée de chauffage et d'éclairage, décide de reprendre toute la littérature consacrée à Jean de Montreuil. Il pensait écrire un article pour échapper au désœuvrement ; il finira par publier une enquête de cinq cent pages à la Philippe Jaenada, précis et ironique, pour réfuter ses illustres prédécesseurs et conclure que non, aucune des lettres de Jean de Montreuil ne peut être adressée à Gerson – et que ce dernier ne saurait être le « notable clerc » de la querelle, contrairement à ce que l'on pensait jusqu'alors.

Avec lui, je veux saluer ici le travail méticuleux de tous ces universitaires, historien·nes et médiévistes. Leur rigueur est inestimable pour l'écrivain étourdi que je suis, et leurs débats scientifiques furent mon carburant, même s'il n'en reste dans ce livre que des traces (« des miettes », aurait écrit Christine) parfois subliminales.

Sur la querelle du *Roman de la rose*, je dois beaucoup au travail d'enquête d'Eric Hicks et d'Ezio Ornato (Clamanges démasqué !), ainsi qu'aux traductions et analyses de Virginie Greene et Andrea Valentini.

Pour le *Roman* lui-même, je dis toute ma reconnaissance aux travaux de Pierre-Yves Badel (*Le* Roman de la rose *au XIV*^e *siècle*), ainsi qu'aux lectures savoureuses et savantes de Michel Zink. Les extraits cités ici sont issus des traductions de Jean Dufournet (pour la partie Guillaume de Lorris) et Armand Strubel pour la partie Jean de Meun.

Un immense merci, enfin, aux personnes qui m'ont aidé, relu, commenté, aiguill(onn)é tout au long de l'écriture : Laurent Habart et Vincent Edin, le Bureau toujours vivant, Alice Zeniter à qui ce livre doit sa première phrase, mes parents Jean-Paul et Françoise, Pierre et Noémie (vive les arbres du Vexin), Martine Dulaey, ainsi que les équipes de la BNF et de la bibliothèque historique de la Ville de Paris. À mon agente Karine Lanini. À toute l'équipe des Avrils, bien sûr – Lola Nicolle et sa patience à la française, Sandrine Thévenet et ce grand coup de pouce initial, Léonore Dauzier, Estelle Charmet, Charlotte Reignere, Maude Sapin et Agnès Aubry.

Un clin d'œil à Riwan et à ses vidéos. À Pacôme Thiellement et aux fantômes de Jean sans Peur. À Clément Viktorovitch et à l'éloquence pour tous.

Et à Victoire Tuaillon, pour tout, toujours.

Du même auteur

Hors-jeu, Le Dilettante, 2007.
B.A.-Ba, la vie sans savoir lire, Rue Fromentin, 2011. Nouvelle édition sous le titre *Le Bureau d'alphabétisation*, Éditions de l'Atelier, 2024.
Le métro est un sport collectif, Rue Fromentin, 2012.
Sous les couvertures, Rue Fromentin, 2014.
L'Abolition des privilèges, Les Avrils, 2022. Points, 2023.

Les Avrils, une collection imaginée par
Sandrine Thévenet et Lola Nicolle.

Enthousiasmes littéraires

Conception graphique : Atelier 25.
Composition : Nord Compo.
Correction : Agnès Aubry.
Coordination prépresse : Maude Sapin.

Derniers titres parus aux Avrils

Cécile Bartholomeeusen
À nos ardeurs

Sarah Brunet Dragon
Une année terrestre

Didier Castino
L'Application des peines

Jean Ciantar
La Ballade des garçons-poussière

Arnaud Dudek
Un printemps en moins

Mathilde Henzelin
La Saison des bêtises

Marie Khazrai
Poupées roumaines

Vidya Narine
Le ciel est mon drapeau

Emilia Petrakis
Bagarre

Bérénice Pichat
La Petite Bonne

Johanne Rigoulot
La Vie continuée de Nelly Arcan

Sylvie Tanette
Une vieille colère

Alissa Wenz
Le Désir dans la cage

Achevé d'imprimer par l'imprimerie Corlet,
à Condé-en-Normandie.
ISBN : 978-2-38311-042-2
N° d'impression : 25080380
Dépôt légal : janvier 2026